세종 새 한글 Korean, English

세종 새 한글 Korean, English

대한민국을 열어가는 한글의 힘

초판 인쇄 2015년 10월 21일
초판 발행 2015년 10월 26일

지은이 권영진
펴낸이 노용제
펴낸곳 정은출판

주 소 100-015 서울시 중구 창경궁로 1길 29
전 화 02-2272-8807
팩 스 02-2277-1350
출판등록 제2-4053호(2004. 10. 27)
이메일 rossjw@hanmail.net

ISBN 978-89-5824-288-8 (03810)
값 12,000원

세종 새한글 Korean, English

대한민국을 열어가는 한글의 힘

권영진 지음

정출판

세계는
우리의 친구다

권영진은 모스번에서 휴게소와 모터 캠프장을 운영하고 있다.
현지 주민은 물론 전 세계 곳곳에서 오는 관광객들이
그의 영어 선생님이다. 그렇게 그는 영어를 배우면서 한국 사랑,
한글 사랑을 그들에게 전해주기도 했다.

차례

세계 속에 당당히
대한민국 미래를 열어 가야 할
지금의 어린 세대와 700만 학생들의 미래를 위해

영한사전(英韓辭典)은 왜? 바뀌어야만 하는지…
영어교과서(英語敎科書)는 무엇 때문에? 문제가 되는지…
영어영문법(英語英文法)은 어디가? 잘못 되었는지…
영어회화(英語會話)는 어떤 이유로? 말 못하게 되는지…

누가? 어디로? 어떻게? 방향을 잡고 가는지?
우리 모두가 심각하게 고민해 보아야만 합니다.

영어의 백두산 천지를 찾아
남쪽으로 방향을 잡고 간 것은 아닌지?

어쩌면 한라산 정상에서
영어의 백두산 천지를 찾아 헤매고 있는 것은 아닌지?

한라산 정상에서 외우고 또 외우고
베끼고 또 베끼면 영어의 백두산 천지를 찾아 갈 수 있다고
믿는 것은 아닌지?

가정과 사회와 국가가
100이라는 숫자가 아니어도
조금은 틀려도
생각이라는 두 글자가 답을 찾아가는
진정한 학문의 길을 열어 주어야만 하는 것은 아닌지?
1. 영어의 한글화
2. 한글의 세계화
영어의 한글화 1번이 한글의 세계화 2번을 열어 가는 첩경이요
지름길은 아닌지?

미래의 통일 대한민국을 이끌어 갈
지금의 어린 세대와
700만 학생들의 미래를 위해
누가 누구를 탓하기보다는
우리 모두가 머리를 맞대고 근본적인 문제를 하나 하나 찾아가
보아야만 하지 않을까 생각해 봅니다.

법(law)이 먼저일까요, 규칙(rule)이 먼저일까요?

우리가 말하는 영어영문법의 법은 law일까? rule일까?

닭이 먼저일까? 달걀이 먼저일까?

누구나 대답해 주기 어려운 질문인 게 분명합니다. 어려운것은 분명하지만, 누군가가 확실하게 '닭이 먼저다' 또는 '달걀이 먼저다'라는 결론을 내려줘야 합니다. 어려서부터 "닭이 먼저야.", "아니야 달걀이 먼저라니까"라는 쓸데없는 싸움을 하지 않도록 만들어 가는 교육이 중요합니다.

우리 700만 학생들이 사용하는 영어라는 두 글자는 영국이라는 나랏말(England)의 줄임말로 알고 사용합니다. English language는 '영국 사람이 하는 말'을 가리킵니다. 영국 사람은 말하는 주체가 사람이므로 English language라고 말합니다. 그러므로 영어는 '영국사람이하는 말' 또는 '영국인어'의 줄임말이라고 사용해야만 단어에 대한 혼돈이 뇌에서 사라지게 됩니다. English나 Korean은 어떤 경우에도 '나라가 될 수 없는 사람을 말하는 단어'라는 결론을 내려 주어야만 합니다.

영어는 처음부터 존대와 하대를 글자로 만들지 않았습니다. I와 you 가 말을 주고받을 때는 나이나 직급, 강하거나 약함, 돈의 많고 적음 에 상관없이 사람 대 사람으로서 누구나 말을 똑같이 하도록 만들어 진 언어입니다.

영국은 말에서의 수평으로 만인이 평등한 사회를 먼저 만들고 '나 이 외에는 누구에게도 절하지 말라'는 하나님의 계명을 근본 바탕으로, 사람과 사람은 절하거나 절받지 않는 행동에서의 수평 사회를 끊임없 이 추구해 지금 잘 사는 나라 선진국을 만든 나라입니다.

우리가 사용하는 존댓말, 하대 그리고 상말은 나이와 직급, 힘의 강하 고 약함, 돈의 많고 적음에 따라 말의 끝자리를 다르게 사용하는 것을 말합니다. 말의 끝자리를 달리해 상대방을 높여서 부르는 말을 존댓 말이라고 하고, 상대방을 낮추어 부르면 하대라고 말합니다. 더 낮추 어 욕이 들어가면 상말이라고 합니다.

영어권에서 사용하는 polite(예의 바른)는 존댓말하고는 전혀 상관 이 없는 단어입니다. 상대방 마음을 미리 읽어주는 상태로 would, should, could, might, shall, may etc.는 영어권 사람 누구나 똑 같이 사용하는 단어일 뿐입니다. 이 역시 영어에는 존대와 하대가 없다는 결론을 내려 주어야만 합니다. 마치 우리가 사용하는 존대와 하대가 영어권에도 있는 것처럼 대한민국 영어권이 만들어 가서는 안 됩니다. 누구나 말이 똑같은 상태이므로 '세종 새한글 Korean, English'에서 는 영어권 사람들 생각 그대로 '된다 또는 되었다'라는 영어권 사고 의 한글표기를 사용합니다.

국어국문법(國語國文法)/ 영어영문법(英語英文法)/ 불어불문법(佛語佛文法)/ 중어중문법(中語中文法)/ 일어일문법(日語日文法)/ 독어독문법(獨語獨文法) etc.에 나오는 법이라는 한 단어를 생각해 보아야만 합니다.

우리가 무심코 사용하는 '법'(law)이라는 한 글자와 규칙(rule)이 헷갈리지 않는 사회가 중요합니다. 법은 법의 자리에, 규칙은 규칙의 자리에 있어야만 합니다. 법이라는 한 글자는 반드시 국회 의결을 거쳐야만 그 효력을 발휘할 수 있습니다. 법으로 만들어진 것을 지키지 않으면 벌금을 매기거나, 구속하거나, 구금을하는 상태에서 사용하는 단어가 아닐까 생각해 봅니다.

닭이 먼저일까요, 달걀이 먼저일까요? 지금의 선진국 모든 나라는 천지 창조라는 신의 섭리에 따라 당연히 닭이 먼저다.라고 어려서부터 가르칩니다. 확실하게 '닭이 먼저다.' 라고 어려서부터 가르치므로 싸울 이유가 없도록 만들어 가는 국가입니다.

그렇다면 "법이 먼저일까요, 규칙이 먼저일까요?" 영어권이나 선진국의 배심원 제도(Jury System)는 사회적인 규칙이 법보다 먼저라는 것을 확실하게 말해줍니다. 사람들이 사회적인 규칙을 잘 지키면 강제성을 띠는 법은 많이 만들어지지 않습니다. 반면에 사회적인 규칙이 잘 지켜지지 않으면 벌금을 매기거나, 구속하거나, 구금하는 법을 국회에서 자꾸 만들게 됩니다.

지금의 선진국은 어려서부터 규칙을 잘 지키도록 교육하고 있습니다. 법은 반드시 법의 잣대에서만 사용합니다. 그러나 대다수 후진국은 법과 규칙이 헷갈리는 나라입니다. 늘 법이라는 글자의 혼돈 상태로 모든 것에 법의 잣대를 댑니다. 영원한 후진국은 '힘이 법이고, 법이 힘'이라는 절대 힘을 절대 권력자가 남용하는 나라입니다.

국법(國法), 영법(英法), 불법(佛法), 중법(中法), 일법(日法), 독법(獨法) etc. 문법이 국회의 의결을 거쳐서 만들어진 법일까를 생각해 보아야만합니다. 말의 순서를 정한 규칙을 조금 어겼다고 국가가 벌금이나 구속 또는 구금할 수 있을까를 생각해 보아야만 합니다.

영어권 국가들 가운데 English grammar를 법이라고 생각하는 사람은 단 한 사람도 없습니다. 말의 순서를 정한 규칙으로, 말을 바르게 사용하기 위해 만든 rule을 말합니다. English grammar는 어떤 경우에도 벌금이나 구속 또는 구금이 없는, 말의 순서나 말의 규칙을 정한 rule을 뜻합니다. 작은 말실수 하나가 상대방에게 깊은 상처를 줄 수 있으므로 말의 순서를 어려서부터 잘 지키자고 만든 게 English grammar입니다.

따라서 말의 순서를 우리의 생각이 아닌 영어권 사람들 생각으로만 가면 얽히고 설킨 모든 실타래는 쉽게 풀어지게 됩니다. 내 처지가 아닌 상대방 처지에서 모든 것을 보는 눈이 중요합니다.

영어영문법에서 이미 법이라는 큰잣대를 사용했기 때문에 숙어(熟語), 동명사(動名詞), 부정사(不定詞), 전치사(前置詞), 타동사(他動詞), 관사(冠詞), 단수(單數), 복수(複數) etc. 수많은 작은 용법이 또 다른 법의 굴레를 만들어 가게 됩니다.

어쩌면 모든 것을 법으로 묶고 법으로 엮어 창창한 미래를 열어가야만 하는 다음 세대들을 구속, 구금하는 것은 아닌지, 심도 있게 생각해 보아야만 합니다.

무엇보다 'English grammar는 영어영문법의 법이 아니다' 라는 결론을 만들어 주어야만 합니다. 법이 아니라는 결론이 나면 구속, 구금이라는 생각으로부터 자유로워져 미래를 열어갈 우리 학생들 누구나 쉽고 편하게 말을 할 수 있습니다. 사회적인 규칙이 법보다 먼저입니다. 어려서부터 규칙을 잘 지키는 사회를 만들어 가면 저절로 좋은 나라가 만들어집니다.

땅속에서 석유가 펑펑 쏟아지는 나라나 돈이 엄청나게 많은 나라가 선진국이 아니라 법과 규칙이 헷갈리지 않는 나라, 규칙을 먼저 잘 지키도록 사회적인 제도를 만들어 가는 모든 나라가 지금의 선진국입니다. '닭이 먼저다' 라는 결론처럼 '법보다 규칙이 확실하게 먼저다' 라는 결론을 만들어 주어야만 합니다.

통일 대한민국의 미래, 그 이상을 열어가야 할 우리 다음 세대들은 말과 일과 공부의 순서, 그리고 사소하게 보이지만 문을 여닫는 순서, 장난감을 가지고 놀았으면 치우는 순서, 무엇이든 내가 시작한 일은 내가 반드시 마무리하는 생각의 순서를 잘 지켜야 합니다.

다음 세대를 기르시는 부모님들과 손주 손녀를 돌보아 주시는 분들께 간곡히 부탁합니다. 아주 작은 일에서부터 I(나)가 벌인 모든 일은 I 스스로 처리하도록 가르치고, 모든 일은 I가 처리할 때까지 기다려주는 일이 무엇보다 더 중요합니다. I가 시작한 일을 you가 대신 마무리를 해주면 아이들의 장래는 어두워집니다.

부모님들이 정말로 아이들의 확실한 미래를 만들어 가기를 바라신다면 내 아이를 깨워 주고, 입혀 주고, 씻겨 주고, 닦아 주고, 먹여 주고, 신겨 주고, 들어 주는 일을 대신해 주지 말아야 합니다. 울면 안아주고 잘 놀면 버려둬서는 안 됩니다. 이유 없이 울면 안 된다는 것을 어려서부터 확실하게 가르쳐야 합니다. 잘 놀때 같이 놀아 주는 게 무엇보다 중요합니다. 아울러 학교나 학원에서 100이라는 숫자만 받아오면 모든 게 용서된다는 생각을 버려야 합니다.

선진국 아이들은 3살 때부터 모든 것을 가르칩니다. 이유 없이 울면 아이를 위해서 모른척하고, 잘 놀면 계속 같이 놀아주는 교육을 합니다. '아, 내가 웃고 잘 놀면 엄마가 안아주고 예뻐해 주고 같이 놀아준다.', 이유 없이 울어봐야 내가 손해라는 걸 3살 때부터 확실하게 가르칩니다. '세살 버릇 여든까지 간다' 는 속담을 확실하게 실천하고 있는 부모들입니다.

아이가 넘어지면 대신 일으켜 세워 주는 게 아니라 스스로 일어날 때까지 반드시 기다립니다. 13년째 현지인들 속에서 아이들에게 아이스크림과 과자를 팔면서 단 한 명의 아이도 아이스크림과 과자로 인해 울고 불고 난리를 치는 경우를 한 번도 못 봤습니다. 이 불가사의를 3살부터 이미 만들어간 나라들입니다. 선진국은 나라나 정부가 만들어 가는 게 아니라 어려서부터 아이들의 가치를 부모가 어떻게 만들어 가느냐에 따라 저절로 만들어지는 나라입니다.

신이 아이에게 부여한 I의 절대 가치를 엄마 아빠가 대신해서는 안 됩니다. 조금은 힘들고 답답해도 아이가 그 어떤 일을 마무리할 때까지 기다리면서 도와주는 것이 무엇 보다 더 중요합니다. 그래야만 아이가 I의 절대 가치를 스스로 찾아갈 수 있습니다.

유아원, 유치원, 초등학교에서 100이라는 숫자를 받아 오는 게 중요하지 않습니다. 내 아이의 가치를 찾아주는 게 무엇보다 더 중요합니다. 아이들에게 반말을 하거나 상말을 하면 신이 아이에게 준 절대 가치를 찾아가기가 상당히 어렵게 됩니다. 내 아이의 절대 가치를 남과 비교하는 말을 함부로 해서는 안 됩니다. 공부가 아니어도 분명히 하나님이 내 아이에게 준 절대 가치가 있다는 확실한 믿음이 중요합니다. 남의 아이가 하면 내 아이도 해야만 한다거나 남의 아이와 내 아이를 비교해서는 안 됩니다. 내 아이가 진짜 좋아하는 쪽에 손을 들어 주어야만 합니다. 돈은 필요한 만큼만 반드시 주시길 부탁합니다. 선진국 부모들은 아무리 돈이 많아도 돈은 그날, 그날 필요한 만큼만 쪼개서 줍니다. 돈이 내 아이의 미래를 망칠 수도 있다는 생각을 해야만 합니다. 돈이 최고라는 생각, 돈만 있으면 뭐든지 다 할 수 있다는 생각이 아이의 미래를 송두리째 막는다는 생각을 해 보아야만 합니다.

100이라는 숫자에 돈 주고, 기죽지 말라고 돈 주고, 손만 내밀면 돈 주고, 절했다고 돈 주고, 귀엽다고 돈 주고, 예쁘다고 돈을 함부로 주면 아이는 돈의 노예가 되고 자기 자신의 가치를 돈으로만 보게 됩니다. 아이의 미래를 열어 주는 길에 가장 중요한 것은 내 아이의 가치입니다. 다른 아이와 비교하지 마시길 부탁합니다.

미래의 통일 대한민국, 그 이후의 세계를 열어갈 우리 학생들에게도 책을 쓴 사람으로서 부탁을 하나 할까 합니다. 여러분의 미래는 외우고 베끼고 치팅을 해서 만들어 가는 점수가 아니어야 합니다. 생각이라는 두 글자가 늘 살아 있어야만 밝은 미래를 만들어 갈 수 있습니다. 조금은 서툴고 종종 틀린다 해도 생각이 답을 찾아가는 길을 스스로 만들어 가는 게 중요합니다.

세상의 모든 길을 내 쪽으로만 너무 당기면 앞으로 나아가기가 힘듭니다. 내 쪽이 아닌 상대방 쪽에서 생각하면 여러분의 길이 쉽게 열립니다. I 쪽만이 아닌 You, He, She, It, We, They 쪽에서 생각을 열어 가면 참 좋겠습니다. 선생님께 배운 것만 외우고 따라가는 learner의 길보다는 선생님께 배운 것을 시작으로 스스로 생각하고 스스로 공부하고 스스로 개척해서 나의 생각, 나의 길을 만들어 가는 진정한 student가 되면 참 좋겠습니다.

learner가 아닌 student의 길을 가면 세계는 넓고 여러분들의 갈 길은 너무도 많습니다. 이 책은 세종대왕의 한글을 기초로 여러분 누구나 말하도록 만들어 가는 책입니다. 비영어권이 아닌 영어권 사람들도 깜짝 놀라는 말을 할 수 있도록 이미 598년 전, 세종대왕 이도께서 한글 속에 모든 것을 심어 놓았습니다.

닫힌 사고 한문 사대부 사고가 아닌 열린 사고 한글 사고는 무엇일까를 알고자 하면 인터넷에 들어가서 '뿌리깊은나무'를 보기 바랍니다. 많이 보면 볼수록 여러분의 생각이 열리게 됩니다. 조선 시대 사극으로는 절하는 숫자가 가장 적은 '뿌리깊은나무'입니다. 누군가를 위해 똥지게를 지신 한 분이 '허허허' 웃으면서 '내가 누구다'라고 말하는 게 참 민주주의의 처음입니다. 통일 대한민국 이후의 미래는 통째로 외워서 가는 길이 아니라 여러분의 생각이 만들어 가야만 하는 길입니다. 법은 법의 자리로 규칙은 규칙의 자리로 가는게 매우 중요합니다. English grammar는 law가 아닌 rule입니다.

Lecture
01

내가 생각하는 민주주의

직급 사회 버리고
수평(평등) 사회
만들어야 한다

01. 내가 생각하는 민주주의
— 직급 사회 버리고 수평(평등) 사회 만들어야 한다

대한민국 헌법 1조 1항 '대한민국은 민주공화국이다.'
민주주의 국가로 가야만 하는 우리와, 대한민국 미래를 열어 가야할
세대가 확실하게 알고 있어야만 하는 가장 중요한 문제중에 하나가
민주주의(a democracy)가 아닐까 생각해 봅니다.
수 많은 학생들에게 민주주의가 무엇인지를 물어 보았습니다. '국민
의, 국민에 의한, 국민을위한 정부'요 라고 이미 외운 그대로의 답을
듣게 되었습니다. 다시 한번 더 민주주의가 무엇인지를 물으면? "아
저씨 우리 그런거 몰라요"라며 피하게 됩니다. 외운 그대로 말했고
생각이 완전히 사라진 상태의 답입니다.

국회에 계신 몇 분에게 물어 보았습니다. 지금의 선진국 처럼 폭력이
없는 학교, 누구나 가고 싶은 학교, 즐거운 학교로 만들어가는 최선의
방법은 학생과 학생은 누구나 이름을 부르는 이름 사회입니다. 정치
권에서 이 문제를 해결해 주시면 어떨지를 물어 보았습니다.

이름 사회가 무엇인지를 물으시는 분, 누구나 이름을 부르는 그런 사회도 있는지를 물으시는 분, 그런 사회가 가능한지를 물으시는 분, 어떤 한 분도 이름 사회에 대해 생각을 해 보신 분이 없다는 것을 알게 되었습니다. 민주주의라는 4글자의 시작이 이름 사회라는 것을 아무도 모르시는 것은 아닐까라는 생각이 스쳐지나갔습니다.

미국, 영국, 그리고 지금의 선진국 모든 나라가 만들어 가는 민주주의와 우리가 생각하는 민주주의가 다른 선상에 있으면 민주주의의 뿌리는 내리기가 어렵게 됩니다. 지금의 선진국 모든 나라가 만들어 가는 민주주의와 우리가 만들어 가고자 하는 민주주의가 똑같은 선상에 있어야만 어떤 바람에도 흔들리지 않는 뿌리를 단단하게 내리게 됩니다.

대한민국인 다수가 또는 정치권이 또는 정치 학계가 생각하는 민주주의란?

민주공화국이라는 2개의 단어를 하나로 묶어서 정치제도로 생각하는 것은 아닌지 심히 염려가 됩니다.

1. 다수가 다스리고 받는 정치 형태

2. 왕정이나 귀족 정치와는 달리 국민이 주권을 가진 형태

3. 다양한 의견들이 표출되면서 다수 국민의 뜻에 이루어지는 형태

또는

1. 국민주권(국민의 정치)

2. 국민자치(국민에의한 정치)

3. 국민복지(수익)

또는

'국민의, 국민에 의한, 국민을 위한 정부'가 민주주의라고 생각하는

것은 아닌지?

미국, 영국 또는 지금의 선진국이 추구하고 실천해 나가는 민주주의는 다음과 같습니다.

1. A demoracy는 민주주의를 말하는 단어입니다.
2. Republic은 공화국을 말하는 정치제도입니다.

한국의 정치제도는 5년 단임제로 people이 선거를 통해 대통령을 선출하고 정부 단체장을 선출하는 공화국 (republic)이라는 정치 제도를 시행하고 있는 국가입니다.

황제에서 황제로 왕에서 왕으로 북한처럼 아버지에서 아들로 국가의 권력이 넘어 가지 않는 확실한 공화국 (republic)입니다.

대한민국은 현재 The Republic of Korea 입니다.

대한민국 헌법 1조 1항에 공화국 보다 앞서 천명한 '민주'는 무엇일까를 생각해 보아야만합니다. '국민의, 국민에 의한, 국민을 위한 정부'는 무엇을 말하는지? 애매 모호한 번역이 아닐 수 없습니다. 무엇이, 어디가, 어떻게, 왜 문제가 되는지를 찾아가 보아야만합니다.

Of the people을 '국민의'로 번역하면 애매 모호한 번역이 됩니다.

By the people을 '국민에 의한'으로 번역하면 문제가 생기게 됩니다.

For the people을 '국민을 위한'으로 번역하면 정부가 주체가 됩니다.

That government를 '정부'로 번역하면 정부가 모든 것을 할 수 있다는 뜻이 됩니다.

미국의 링컨 대통령이 연설한 A demoracy가 과연 우리가 생각하는 국민의, 국민에 의한, 국민을 위한 정부 또는 정치 제도를 연설한 문장일까를 찾아가 보아야만 합니다.

미국의 링컨 대통령이 272개의 단어만 사용해 1863년 게티즈 버어그 국립묘지에서 연설한 원문의 주요 취지는 정부나 정부의 대통령이 주체가 되어 민주주의를 만들어 가는 것은 지구 상에 어떤 나라도 불가능하다는 것을 역설한 문장입니다.

링컨 대통령의 연설문은 미국의 노예제도 해방론자 Theodore Parker 목사의 설교문을 근본 바탕으로 만들어진 연설문입니다.
"A democracy, that is, a government of all the people, by all the people, for all the people; of course, a government after the principles of eternal justice, the unchanging law of God; for shortness sake, I will call it the idea of freedom."

Theodore Parker 목사의 설교는 A democracy, It is, 라는 문장으로 말문을 열고 the unchanging law of God. 으로 이어가는 연설문입니다. 노예 제도를 찬성하는 미국 남부 대지주들이 만들어 가는 노예 제도는 이미 God의 계명을 위배한 것으로 God의 법을 사람이 바꾸어서는 안된다는 내용입니다. Theodore Parker 목사가 설교한 a government 는 미국의 정부를 지칭하는 단어입니다. 이 설교에 나오는 문장이 of all the people, by all the people, for all the people입니다.

미국 사람 누구나 이미 알고 있는 a demoracy/is/all/all/all을 생략하고 링컨 대통령이 272개의 함축된 단어로만 연설한 연설문 전문입니다.

"Four score and seven years ago our fathers brought forth on this continent a new nation, conceived in Liberty, and dedicated to the proposition that all men are created equal.

Now we are engaged in a great civil war, testing whether that nation, or any nation, so conceived and so dedicated, can long endure. We are met on a great battle-field of that war.

But, in a larger sense, we can not dedicated-we can not consecrate-we can not hallow-this ground. The brave men, living and dead, who struggled here, have consecrated it, far aboveour poor power to add or detract.

The world will little note, nor longer remember what we say here, but it can never forget what they did here. It is for us the living rather, to be dedicated here to the unfurnished work which they who fought here thus far so nobly advanced.

It is rather for us to be here dedicated to the great task remaining before us-that from these honored dead we take increased devotion to that cause for which they gave the last full measure of devotion-that we here highly resolve that these dead shall not have died in vain-that this nation, under God, shall have a new birth of freedom-and that government of the people, by the people, for the people, shall not perish from the earth."

링컨 대통령 연설문 역시도 under God, 으로 God이라는 단어가 끝 부분에 나옵니다. A government를 that government로 바꾸었고 마지막 부분을 Theodore Parker 목사와는 전혀 다른 문장으로 shall not perish from the earth.를 넣어 '지구 상에 있는 모든 나라에서 사라지면 좋지 않다'는 연설을 하므로 전 세계 민주주의의 대명사가 된 연설문입니다.

이 연설문은 미국 사람 누구나 알고 있는 가장 '확실한 상태'에서만 사용하는 be가 4번이나 나오는 연설문입니다. 가장 '확실한 상태'의 be 동사를 4번이나 사용하므로 great라는 단어 역시도 똑같은 문장에 3번이나 나오게 됩니다.

(지금) (우리 확실하게 된다.) (Now) (we are.) engaged in a great civil war….

(우리 확실하게 된다.) (We are.) met on a great battle….

(그것 확실하게 된다.) (It is.) for us living, rather to be dedicated here….

(그것 확실하게 된다.) (It is.) rather for us to be here dedicated to the great task…..

링컨 대통령의 연설문은 확실한 상태를 4번 언급한 반면 will이라는 단어는 단 한 번만 언급합니다.

(그 세계 이게 될 거다.) (The world will.) little note….

A democracy를 풀어 가는 첫 번째는 '은, 는, 이, 가, 을, 를, 의'는 말

의 연결을 부드럽게 만들어 주는 한글만의 조사라는 생각이 있어야만 그 답을 쉽게 찾아 갈 수 있습니다. 대한민국 영어권에서 of만 나오면 '…의'로 번역해서는 안 되는 아주 중요한 문제입니다. 예문을 하나 만들어 본다면 영영사전의 Korean 'of Korea'를 영한 사전에 '1. 한국의'로 번역한 것입니다. 영영 사전은 Korean means of Korea로 한국에 사는 한 사람을 Korean (한국사람)이라고 말한다는 설명입니다. 영한 사전에서 of Korea를 '한국의'로 번역하면 전 세계 모든 나라 사람을 설명하는 단어를 국가와 똑같은 상태로 만들어 버리는 대참사를 초래하게 됩니다. of Japan (일본의) of America (미국의) of China (중국의) etc. 모든 나라를 영영 사전과는 전혀 다른 번역으로 만들게 됩니다. 지금의 대한민국 영한 사전이 영영 사전과는 전혀 다른 사전으로 만들어 지는 시발점입니다.

Of the people을 '국민의'로 번역하면 미국, 영국 그리고 지금의 선진국이 생각하는 민주주의와는 거리가 먼 번역으로 민주주의의 뿌리를 송두리째 삼켜 버린 태풍이 될 가능성이 매우 높습니다.

"And that government of the people by the people for the people shell not perish from the earth."

링컨 대통령의 연설문은 제3의 위치에 있는 that government is로 말문을 열어 갑니다. Theodore Parker 목사가 설교한 미국 정부 a government 와는 전혀 다른 연설문으로 that government is는 미국에 있는 모든 관청 하나 하나를 that government is로 표현한 문장입니다. 미국의 백악관뿐 아니라 미국에 수장으로 A governor가 있는 모든 관청 하나 하나를 다 말하는 문장입니다. 그러므로 big government로 시작해 아주 작은 small government까지 미국에 있는 모든 관청 하나 하나를 that government is로 표현한 문장입니다.

Theordor Parker 목사와 링컨 대통령 두 사람은 A democracy는 정치 제도가 아닌 A person과 people의 관계로 민주주의를 설명한 문장입니다.

미국의 백악관, 국회, 법원, 도청, 시청, 군청, 동사무소뿐 아니라 대학교, 중·고등학교, 초등학교, 유치원, 회사의 수장 A governor가 있는 모든 관청을 that government is 로 표현한 문장입니다. 그 관청에 A governor 로 있는 미국의 대통령, 국회의장, 대법관, 장관, 국회의원, 도지사, 교육감, 학장, 교장, 시장, 도의원, 구의원, 시의원, 군의원, 동장, 통장 또는 총재, 위원장, 협회장, 단체장, 회장, 사장, 부장, 과장 모두가 a person의 자리를 버리고 of all the people, by all the people, for all the people의 자리로 가야만 not perish from the earth. 가 된다는 연설문입니다.

영국의 여왕 정치 제도, 일본의 천황제 수상 제도, 사회주의, 공산주의 etc. 어떤 정치 제도도 a person이 a person의 자리가 아닌 of all the people, by all the people, for all the people로만 가면 not perish from the earth가 된다는 것을 역설한 문장입니다.

이 문장을 다른 문장으로 표현하면 다음과 같지 않을까 생각해 봅니다.
"And that government is not of a person, not by a person, not for a person shall not perish from the earth."

미국의 대통령이 가장 먼저 a person 사회의 대명사인 이름 사회, 직급 사회, 또는 수직 사회의 틀을 버리지 않고는 민주주의를 만들어 갈 수가 없다는 연설문입니다. 막강한 힘을 갖게 된 미국의 대통령뿐만 아니라 모든 나라의 대통령, 국왕, 주석, 수상이 절대 권력의 자리인 a person의 자리를 of all the people, by all the people, for all the people의 자리로 옮겨 가는게 절대로 쉽지 않으므로 민주주의를 만들어 가는 것은 매우 어렵다는 역설문입니다.

민주주의의 가장 대명사인 이름 사회를 예문으로 든다면? 미국 초대 대통령 George Washington, 16대 대통령 Abraham Lincoln, 35대 대통령 John F. Kennedy는 Mr. +성(姓)인 Family name을 사용해 Mr. Washington, Mr. Lincoln, Mr. Kennedy or Mr. President 로 불리워진 대통령입니다.

미국의 39대 대통령 Jimmy Carter와 42대 Bill Clinton대통령은 Jimmy와 Bill이라는 이름을 사용한 대통령입니다. 대통령 Jimmy Carter의 본명은 James입니다. Jimmy는 여권에도 올리지 못하는 두 번째 이름 또는 짧은 이름입니다. 대통령 Bill Clinton 역시도 본명은 William입니다. 이 역시도 여권에 올리지 못하는 이름입니다. 민주주의의 대명사인 of all the people, by all the people, for all the people과 함께 가기 위해 Mr. Carter. 또는 Mr. Clinton.이라는 Mr.를 붙여서 부르지 못하도록 만들어간 민주주의의 산 증인들 입니다.

미국의 현 대통령 Barack Obama는 모든 사람이 '버락 오바마'로 부르도록 만든 이름입니다. 성(姓)인 Mr. Barak을 이름의 자리에 오도록 만든 처음 대통령입니다. 미국 사람 모두가 둘 다 이름으로 만들어 버린 '버락'이나 '오바마' 중에 하나를 선택해 부르도록 만든 대통령입니다. 대통령 참모들과 백악관 직원들 또는 미국 의 모든 people이 Mr.를 아예 붙일 수 없도록 성과 이름의 위치를 완전히 바꾼 처음 대통령입니다. A person의 대명사 Mr.라는 단어 하나가 미국에서 사라지는데 1789년 초대 대통령부터 226년이라는 기나긴 세월이 걸렸습니다.

그만큼 막강한 권력을 가진 대통령의 자리에서 직급의 권위 Mr. President, 이름의 권위 Mr. Barack을 버리고 of all the people, by all the people, for all the people. 로 다 함께 가는 게 쉽지 않다는 것을 뜻합니다. A person 사회를 버리고 people 사회로 가는 참 민주주의를 만들어 가는 산 증인들이 미국의 대통령이 아닐까 생각해봅니다.

민주주의의 시작은 God의 계명에 따라 a person의 위치에 올라간 사람이 people의 절대적인 가치를 확실하게 인정하는 데서부터 시작됩니다. Thedore Parker 목사의 the unchangeing law of God, 링컨 대통령의 under God 다시 말하면, 사람과 사람은 절하거나 절받지 않는 행동에서의 수평(평등)사회, 말에서의 수평(평등)사회, 사람과 사람은 이름 하나로 불리어지는 이름에서의 수평(평등)사회가 민주주의로 가는 첩경임을 전 세계에 알린 연설문이 게티즈 버어그 연설문입니다.

그러므로 A demoracy는

1. (That government 확실하게된다.) (그상태로 보이게 되는 모든 사람들)과 함께 만들어 가는 민주주의

That government is of all the people.

2. (That government 확실하게된다.) (옆에 있게 되는 모든 사람들 또

는 모든 사람들에 의해) 다 함께 만들어 가는 민주주의

That government is by all the people.

3. (That government 확실하게된다.) (서로가 서로를 위해서 모든 사
람들)이 다 함께 만들어 가는 민주주의

That government is for all the people.

'영국은 왜 영국일까?', '미국은 왜 미국일까?'를 우리 모두가 생각하
고 또 생각해 보아야만 합니다.

The United States of America의 역대 대통령 가운데 내가 사람을 크
게 거느리고, 많이 거느리는 大統領이라고 생각하는 사람이 얼마나
있을까를 생각해 보았습니다. 제 개인적인 생각에는 단 한 사람도 없
지 않을까 생각해 봅니다. People의 한 사람으로 people 속에서 people
과 함께 people을 위해 America의 head 또는 brain의 역할을 충실히
수행해야만 하는 title이 The US의 President라고 생각할 가능성이 매
우 높습니다.

오늘날 미국, 영국 또는 지금의 선진국이 만들어가는 민주주의란
a person 사회, 수직 사회, 직급 사회의 틀을 모든 관청의 수장인 a
person이 가장 먼저 버리는 것을 말합니다. 정치 제도 보다는 권력을
잡게 된 한 사람, 직급이 높게 된 한 사람, 강하게 된 한 사람, 돈이 있
게 된 한 사람, 나이가 많은 한 사람 한 사람이 솔선수범해 a person
사회의 허물을 버리고 of all the people, by all the people, for all the
people 사회로 다 함께 가는 것을 A democracy. 라고 말하게 됩니다.

민주주의라는 힘든 길을 가는 첫 걸음은 혈육을 제외한 누구나 이름
하나로 불리는 이름에서의 수평(평등)사회, 말에서의 수평(평등)사회

그리고 행동에서의 수평(평등)사회가 아닐까 생각해 봅니다.

영국은 말에서의 완전 수평 사회를 만들어 전 세계 언어와의 대전쟁에서 승전고를 이미 울린 나라입니다. 미국의 대통령에만 당선되면 영국 여왕을 만날 수밖에 없도록 만들어 가는 왕국입니다, 호주라는 대륙을, 세계에서 두 번째 큰 땅을 가진 캐나다를, 멀고 먼 남태평양에 있는 뉴질랜드라는 나라를, 지금도 전 세계 52개 국가에 총독을 파견해 총독 정치를 하는 나라가 The United of Kingdom입니다. Republic이라는 단어를 국가명에 사용하지 않아도 이미 민주주의를 가장 먼저 실천해 가고 있는 나라가 영국입니다.

일본 역시도 세계 제패를 꿈꾸었던 나라입니다. 메이지 유신으로 누구나 이름을 부르는 이름 사회와 말에서의 수평 사회를 만들어 선진국 반열에 오른 나라입니다. 그러나 일본은 실패한 나라가 아닐까 생각해 봅니다. 강자의 위치에 있는 사람은 말에서의 수평 사회가 만들어지면 당연히 행동에서는 더욱 더 강력한 수직 사회를 만들어 갈 수밖에 없게 됩니다. 지금도 일본은 행동에서 가장 강력한 수직 사회를 만들어 가고 있습니다. 세계 제 2차 대전을 일으키고도 어느 한 나라도 총독 정치를 실현하지 못한 한계에 부딪힌 나라가 아닐까 생각해 봅니다. 조선 총독부 역시도 물거품이 되었습니다.

대한민국이 열어가야 할 미래는 일본과는 다른 길을 가야만 하지 않을까 생각해 봅니다. 통일 대한민국 이후의 미래는 대한민국이 아시아와 세계를 제패할 수 있는 큰 길이 열릴 가능성이 매우 높습니다. 삼면이 바다 이면서도 천재지변이라는 대재앙에서 나라가 무너질 만큼의 타격을 유일하게 받지 않는 나라가 대한민국일 가능성이 매우 높습니다. 일본은 바다의 재앙을 막아 주는 대한민국의 방패막이가 될 가능성 역시도 매우 높습니다.

대한민국 주인공들이 만들어 가야 할 대한민국 미래는 단일 민족에서 다 민족 국가를 통합하는 The United of Korea의 길은 지금부터 준비해 가야만 합니다.

이 길을 가는 첫 번째가 민주주의 시작인 이름 사회입니다. 혈육을 제외한 모든 I와 you는 이름 하나로 불리워 지는 이름에서의 수평 (평등) 사회입니다. 학교 폭력, 언어폭력을 막는 최선의 방법일 뿐만 아니라 학교가 건물 (school building)이 아닌 진정한 배움의 공간 (school)으로 만들어 지는 첫 번째가 될 가능성이 매우 높습니다. 학생과 학생은 어른 처럼 '님'이나 '씨'를 붙이기가 어려우므로 '화랑'이나 '낭랑'의 '랑'자를 이름 뒤에 붙이는 방법도 좋은 대안이 될 수가 있습니다. 지금의 선진국 처럼 두 번째 이름 또는 짧은 이름 (2nd name or short name)을 만들어 자기 이름에서 권랑, 영랑, 진랑, 영진이랑 etc.중에서 하나를 선택해 불리워 지도록 만들어 가는게 매우 중요합니다.

두 번째는 사람과 사람인 I와 you는 누구나 말의 끝자리에 '~~요'자를 붙여서 서로가 똑 같이 말하는 말에서의 수평(평등) 사회가 매우 중요하지 않을까 생각해봅니다. 나이가 많은 사람이, 직급이 높은 사람이, 돈이 많은 사람이, 선배가 된 사람이, 힘이 센 사람이 먼저 말의 끝자리에 '~~요'자를 붙이는 밀에서의 수평(평등) 사회를 말합니다. 사람과 사람인 I와 you는 반말이나 상말을 함부로 하지 못하도록 만들어 가는 말에서의 수평(평등) 사회가 매우 중요합니다. 모든 사람이 '~~요'자를 붙이지 않고 반말 비슷하게 말하면, 어떤 말의 한계에만 부딪히면 곧 상말로 이어지는 결과를 만들 가능성이 매우 높습니다.

타국 생활 25년째인 해외 동포로서 KBS, MBC 그리고 모든 방송 매체에서 사용하는 언어 뿐만 아니라 인터넷의 악성 댓글 모두가 수직 사회의 전형적인 언어로 인해 만들어 진 결과가 아닐까 생각해 봅니다. 모든 사람이 '~~요' 자를 붙이지 않는 상태에서 반말로 가는 현재의 대한민국 수평 사회는 매우 위험합니다.

지금의 대한민국은 어른과 아이, 부모와 자녀, 부부, 스승과 제자뿐 아니라 모든 사람과 사람이 '~~요' 자가 사라지는 말들을 주고 받습니다. 그것은 초고속 열차에 몸을 싣고 제어장치가 없는 상태에서 달려가는 것과 같습니다.

세 번째는 동방예의지국을 표방하는 반만년 역사에서 가장 힘들지만, I와 you 상태에서는 절 하거나 절 받지 않는 행동에서의 수평 (평등) 사회를 만들어 가는 길입니다. 정말로 쉽지 않은 길이지만 민주주의로 가는 알파와 오메가 입니다. 미국, 영국 그리고 지금의 선진국이 만들어 가는 민주주의는 국민의, 국민에 의한, 국민을 위한 정부라고 외워서 만들어 가는 게 아니라 대통령과 단체장들이 솔선수범해 a person의 자리에서 people의 자리로 옮겨가는 상태에서 만들어 가는 민주주의입니다.

이미 강자의 위치에 올라선 사람들이 약자로 하여금 절 하도록 만들어 가는게 동방예의지국이 아니라 규칙과 순서를 잘 지키는 게 진정한 동방예의지국으로 가는 첩경이라는 것을 지금의 기성세대가 솔선수범해 아이들과 학생들에게 보여 주어야만 하지 않을까 생각해 봅니다.

세계 모든 국가는 소수의 강자가 다수의 약자를 지배하는 지배 구조로 만들어 지게 됩니다. 일반 사람이나 보통 사람은 대수롭지 않게 예절 정도로 생각하는 절이 직위가 높으면 높을수록, 강하면 강할수록 더 강한 수직을 만들어 가고자 하는 게 사람의 지배적인 심리입니다. 삼강오륜이라는 명분으로, 성리학이라는 학문으로, 예절이라는 교육으로, 권력이라는 힘으로, 상사라는 이유로, 아버지라는 권위로, 선배라는 나이로 절을 강요해 God의 자리가 사람의 자리가 되는 우를 범해서는 안되지 않을까 생각해 봅니다. The unchanging law of God.이 민주주의로 가는 가장 빠른 길임을 마음에 새겨야만 하는 아주 중요한 문제입니다.

약 15년 전 존경하는 전직 장관님 한분을 1년 동안 집에서 모시게 되었습니다. 손주가 한국에서 왔습니다. 저는 장관님과 함께 집에 도착했고, 다섯 살짜리 꼬맹이는 마당에서 놀다가 장관 할아버지를 보자마자 마당에서 큰절을 했습니다. 이 아이는 5대조 할아버지까지 이름을 달달달 외우고 있었습니다. 사모님은 1년 내내 '여보' '당신' 아닌 '장관님'이라는 호칭을 사용했습니다.

힐링 캠프를 열어 학생들에게 눈높이를 강조하던 대한민국 학생들의 우상은 국회의원 금 베지를 달고 부터는 이제 더 이상 눈 높이에 대해 이야기를 하지 않습니다. 사람과 사람이 절만 하지 않으면 눈 높이는 저절로 똑같아지게 됩니다.

지난 대선 때 TV 토론장에서 미국의 대통령 오바마는 서 있고 참모들이 소파에 기대고 다리를 꼬고 앉아 있는 사진 한장을 들고나와 이게 진정한 민주주의라고 열변을 토하던 한 분이 있었습니다. 대한민국 민주주의가 미국처럼 가려면 앞으로 몇십 년을 따라가도 힘들다고 강변한 사람은 어느 날 청와대 대변인이 되었습니다.

어느 날, TV를 보다가 깜짝 놀랄 수밖에 없었습니다. 목이 얼마나 뻣뻣해 졌는지 TV 토론때와는 전혀 다른 목소리 톤을 사용하고 있었습니다. 결국은 미국 교민 사회에 일파만파를 일으킨 주인공이 되었습니다.

대통령, 국회의원, 도지사, 시장, 교육감, 지자제 etc. 선거만 되면 대통령, 국회의원, 도지사, 교육감, 시장, 군수, 도의원, 시의원 군의원이 되고자 하는 후보들이 90도로 절을 하다가 막상 그 자리에만 올라가면 다시 목에 힘이 들어가는 첫 번째가 수직사회의 대명사인 절이라는 속성입니다.

절을 하는 수직 사회가 만들어 지면 가장 먼저 대화의 폭이 극도로 좁아지게 됩니다. 사람과 사람인 I와 you가 아닌 제왕과 신하의 자리로 가는 주범이 동방예의지국 또는 예절을 가장한 절이라는 한 글자가 아닐까 생각해 봅니다.

절을 하거나 절을 받으면 네 아들뿐만 아니라 3, 4대까지 죄를 반드시 묻겠다는 God의 소리를 메아리로 들어서는 안됩니다. 이는 예절이라는 이름으로 적당히 넘어 갈 수 없는 the unchanging law of God입니다.

민주주의 제도가 가장 바람직한 것은 막강한 힘을 가진 대통령을 of all the people, by all the people, for all the people이 만들어 갈 수 있는 제도입니다. 가장 먼저 of all the people, by all the people, for all the people. 모두가 '민주주의란 이런 것이다'라는 확신이 있어야만 민주주의 국가를 people의 손으로 만들어 갈 수가 있게 됩니다.

다음 대통령 선거는 대한민국 미래라는 두 글자를 만들어 가는 가장 중요한 길목이 아닐까 생각해 봅니다. 대한민국 국민의 한 사람으로 투표에 적극 참여하는 게 민주주의의 강력한 힘이라는 것을 잊지 마시길 부탁드립니다. 약 20년이라는 머지않은 미래에 만들어 갈 통일 대한민국의 미래는 매우 중요합니다. 일본과 아시아를 연합하는 The United of Korea의 꿈은 한국식 민주주의가 아닌 영국, 미국 그리고 지금의 선진국 모든 나라가 만들어 가는 민주주의가 그 시작이어야 합니다.

지금의 선진국처럼 대한민국의 다음 대통령 또는 미래의 대통령은 진정한 민주주의를 만들겠다는 강인한 의지가 있어야만 가능합니다. 청와대 안의 어떤 사람, 어떤 누구에게도 절 하거나 절 받지 않겠다는 공약이 민주주의로 가는 첫 번째가 아닐까 생각해 봅니다. 사람과 사람이 고개만 숙이지 않는다면 서로가 '~~요'자를 붙여서 말하는 대한민국이 중진국이라는 어정쩡한 자리를 넘어 그 이상으로 달려가는 가장 빠른 첩경이 아닐까 생각해 봅니다. 국가적인 규범, 사회적인 규칙 또는 순서는 of all the people, by all the people, for all the people. 스스로가 지키는 가정, 사회, 국가가 되어야만 합니다. 국가가 만들어 가는 법은 a person이 아닌, of all the people, by all the people, for all the people을 위해서 만들어 지는게 중요합니다. 사람의 가치위에 돈이라는 한 글자가, 힘이라는 한글자가, 권력이라는 두 글자가 올라서면 민주주의라는 4글자는 만들어 지기가 매우 어렵습니다.

민주주의만 정착이 되면 전 세계에서 가장 빠른 사람, 대한민국 사람, 대한민국은 아시아뿐만 아니라 세계의 중심을 치고 나갈 수 있는 무한 가능성의 힘을 가지고 있다고 자부합니다.

타국에 사는 해외 동포의 눈으로 보는 통일 대한민국 이후의 미래는 매우 밝습니다.

Of all the students

By all the students

For all the students의 장래는 너무도 찬란합니다.

대한민국은 민주주의를 추구하고 실천하고 만들어 가는 공화국입니다.

"That government is of all the people, by all the people, for all the people, shall not perish from the earth."

다시 한번 더 생각해 본다면?

That government is not of a person, not by a person, not for a person, shall not perish from the earth.

대한민국 미래를 열어 가는 가장 확실한 답은 정치 제도가 아닌 참 민주주의를 실천해 나가는 길입니다. 지금의 어린이들과 학생들이 만들어 갈 초 선진국 대한민국, 초 강대국 대한민국, 초 일류국가 대한민국은 외워서 만들어 지는게 아니라 사람의 생각이 무한 가능성의 미래를 만들어 가게 됩니다. 미래를 만들어 갈 여러분의 생각이 늘 살아 숨쉬면 얼마든지 만들어 갈 수가 있게 됩니다. The unchangeing law of God. Under God. 우리 모두가 기억해야 할 가장 중요한 문구입니다.

'MBC 한글날 특집 Let's go…'를 보고

"Let's go Pyeong-chang"은
틀린 표현…
"Welcome to…"로 써야

02. 'MBC 한글날 특집 Let's go…'를 보고
— "Let's go Pyeong-chang"은 틀린 표현…"Welcome to…"로 써야

한국식 영어 표현은 안됩니다. Korean, English가 아닌 영어권 사람들 생각으로 표현하는게 중요합니다. 앞으로 3년 후면 대한민국에서 큰 행사가 열립니다. 2018년 평창 동계올림픽입니다. 이 행사는 지구촌 전 세계 사람이 지켜볼 것입니다. "Let's go Pyung-chang" 또는 to를 사용해 "Let's go to Pyung-chang"이라는 광고 또는 현수막을 평창에서 내 걸면 안됩니다.

한국 사람은 이 문구를 보는 순간 '아! 우리 모두 다 함께 평창으로 가자!'라는 의미로 이해합니다. 조금이라도 영어를 배운 사람은 누구나 다 그렇게 생각합니다. 만약 한국 사람들만 대상으로 이 문구를 평창에서 만든다면 굳이 영어 문구를 사용하지 말아야 합니다. 순수한 한글로 얼마든지 아름답게 문구를 만 들 수가 있습니다.

단도직입적으로 말씀드려 이 영어 표현은 잘못됐습니다. 평창 올림픽을 준비하는 평창에서 절대로 사용해서는 안 되는 문구입니다. 이 문구를 보는 외국인들은 무엇 때문에, 왜, 어떻게 "Let's go Pyung-chang" 또는 "Let's go to Pyung-chang"이라는 현수막을 평창에서 내 걸었는지 이해를 할 수가 없는 문구입니다.

우리나라 말은 말의 시작이 되는 subject와 말을 받게 되는 object 가 없이도 얼마든지 의사 소통이 가능합니다. 그러나 말의 subject와 object가 있는 영어권 사람이나 외국 사람은 전혀 이해가 안되는 문구 입니다. 영어권 사람들은 말의 시작인 subject와 말이 떨어지는 object 를 확실하게 구별해서 사용하므로 이 문구를 무엇 때문에, 왜 붙였는 지 이해를 못하게 됩니다.

말이 떨어지는 쪽의 object 'us'를 말의 시작이 되는 subject에 사용하 는 유일한 문구입니다. 그러므로 영어권 사람이나 외국 사람이 보았 을 때의 이 문구는 말의 시작인 Let us를 평창에 사는 사람으로 보게 됩니다. 말이 떨어지는 object는 당연히 평창으로 생각하게 됩니다. 왜, 무엇 때문에, 어떤 이유로 평창에 사는 사람들이 현수막까지 길거 리에 내 걸면서 "우리 모두 다 함께 평창으로 가자"라고 외치는지 이 해를 못하는 문구가 됩니다.

영어권 사람이나 외국 사람을 유치하려면 말이 시작이 되는 subject 를 평창 올림픽에 오고자 하는 You 쪽에 두고 말해야만 합니다. 말이 떨어지는 쪽의 object는 당연히 평창입니다. 현수막이나 광고는 2018 동계 올림픽을 유치하는 평창에서 걸지만, 평창으로 방향을 두고 온 당신쪽에서 (you are) "참 잘 오셨네요"라는 의미의 "Welcome to Pyung-chang"을 걸어야만 합니다.

이 문구를 영어권 사람들 생각 그대로 번역하게 된다면,

(각각이 되는 너 확실하게 된다.), (잘 오게 되는 상태), (방향 평창 2018.)

You are welcome to Pyung-chang 2018.

또는 You are를 생략하고 "Welcome to Pyung-chang 2018"이라고 써야 합니다.

대한민국에서 영어를 배운 사람 누구나 알 수 있는 아주 쉬운 문장 2개가 "Welcome!"(환영합니다.), "You are welcome."(천만에요)가 아닐까 생각해 봅니다. 똑 같은 두 문장을 천자문 사고로 하나는 "환영합니다." 하나는 "천만에요"로 사용하는 문장입니다. 천자문 사고의 이 두 문장은 내가 "환영한다" 또는 내 쪽에서 "천만에요."라고 말하는 I가 말의 시작인 subject가 된 표현입니다.

영어권에서는 말의 시작인 subject를 I 쪽이 아닌 상대방 you 쪽에 두고 사용합니다. 따라서 "You are welcome."은 이미 강당에 앉아 있는 상태에서 말한다는 생각이 앞서야만 합니다. 'You are'를 생략하고 'Welcome'만 사용해서 말하는 문장입니다.

"Thank you."에 대한 대답 "You are welcome."은 너 쪽에서 지금 "Thank you."라고 말한 것은

(너 확실하게 된다.), (잘 오게 되는 상태)

"You are welcome."으로, 말이 잘 건너오게 된 상태를 말합니다.

순수한 한글로 말은 내가 하지만 두 문장 모두가 you 쪽에서 참 잘 오게된 상태를 표현하는 말입니다.

"Excuse me." 역시 내 쪽에 말의 시작인 subject를 두고 내가 "실례

합니다."라고 내가 말하고 내가 그냥 지나가면 되는 것으로 생각하는데 그것은 우리의 잘못된 생각입니다. 영어권 사람들이 생각하는 "Excuse me."는 "Will you excuse me?"라는 문장을 줄여서 Excuse me. 라고 사용하는 문장입니다.

일상대화에서 자주 사용하므로 'will you'를 생략하고 "Excuse me."만 말하는 문장입니다. 말의 시작이 되는 subject가 상대방인 you가 되는 문장입니다. 말이 떨어지는 object가 내가 되는 me입니다. 그러므로 말의 subject인 you의 결정이 중요한 문장입니다. 반드시 you의 대답이 떨어진 후에 지나 갈 수가 있게 됩니다. No,라는 대답이 떨어 지면 지나 갈 수가 없는 문장입니다.

위 세 문장은 '환영(歡迎), 천만(千萬), 실례(失禮)'라는 3개의 한문 사고로 말하는 문장입니다. 닫힌 사고가 아닌 순수한 한글 사고로 간다면?

당신 참 잘 오셨네요 (Welcome) 당신이 그렇게 말해주니 참 좋네요 (You are welcome) 길 좀 비켜주시겠어요 또는 지나가도 될까요 (Excuse me) I가 아닌 you쪽에 말의 시작인 subject를 두고 사용하는 말입니다.

2006년 월드컵이 끝난 10월 9일 한글날, 한글날 특집으로 MBC가 방영한 생 방송을 본적이 있었습니다. 이 프로그램에서 우리 모두 다 함께 고양으로 갑시다. 라는 뜻으로 "Let's go Go-Yang."이라는 표현의 현수막 문제를 다뤘습니다. 인천국제공항에 내린 외국 사람들에게 마이크를 대고 이 영어 문구가 무슨 뜻인지 알고 있는지를 물어 보는 장면입니다. 외국인 모두 고개를 갸우뚱하다가 도무지 이해를 못 하겠다며 고개를 절레절레 흔들었습니다. 외국인 모두는 Let's go Go-Yang을 왜 고양시에서 내 걸었는지 아무도 이해하지 못했습니다.

한글날 MBC 특집으로 다룬 이 생방송의 결론은 외국 사람 누구도 알지 못하는 문구를 왜 지자체가 국가의 세금을 낭비해 가면서 마구 내거는지 안타깝다는 결론만 내렸습니다. 정답은 무엇이며, 왜 문제가 됐는지, 해결책은 무엇인지에 대해서는 방송에서 다루지 않았습니다. 마음이 많이 아팠습니다.

이번 2018년 평창 동계올림픽에서는 외국인 누구나 다 알고 있는 문구를 사용해야만 합니다.

"Welcome to Pyung-chang 2018" 보다는 "Welcome to Pyung-Chang Olympic & Paralympic Games 2018" 이 외국 사람들이 보았을 때 훨씬 더 확실한 문구입니다.

"Let's go Pyung-Chang 2018", "Let's go to Pyung-Chang 2018", "Let's go to Pyung-Chang Olympic & Paralympic Games. 2018"은 절대로 사용해서는 안 되는 문구입니다. 말의 시작이 되는 Let us 는 평창 사람 모두를 말하는 문구입니다. "Let's go to Pyung-chang Olympic & Paralympic Games 2018"이라는 광고나 현수막을 붙이면 "평창 사람들 모두가 평창 동계올림픽 2018로 다 함께 가자"는 문구가 됩니다. 2018 평창 동계 올림픽에서는 매우 중요한 문구입니다.

Lecture
03

전 세계 소리글자의 대부, 한글

세종대왕,
말과 글로 다스리는
세상 꿈꿔

.

.

.

.

03. 전 세계 소리글자의 대부, 한글
⬡ ⬤ ─ 세종대왕, 말과 글로 다스리는 세상 꿈꿔

나의 살던 고향은 꽃피는 산골로부터 즈려 밟고 25년, 내가 살던 조국으로 부터 즈려 밟고 25년이라는 세월이 흘러갑니다. 한국을 떠나던 날 보았던 서울의 거리와 다시 보게 된 서울의 거리는 너무도 달랐습니다. 세종대왕의 Mega-Dream을 길거리에서 보았습니다.

길거리 간판, 건물 위의 대형 간판, 네온사인, 지하철 여백에 붙어 있는 시인들의 글 모두가 소리글자 한글과 소리글자 영어로 아름다움을 드러내고 있었습니다. 한자로 쓰인 간판은 거의 볼 수가 없었습니다. 길거리에서 한자로 쓰인 글자가 사라지는데 약 500년이라는 세월이 필요했습니다. 간판을 굳이 한자로 쓰지 않아도 된다는 사람들의 생각이 세종대왕의 Mega-Dream을 만들어 가고 있음을 피부로 느낄 수 있었습니다.

'하늘'과 '땅'은 한글입니다. '천지' 역시 한글입니다. 천지라는 두 글자를 한자라고 생각해서는 안 됩니다. '하늘'도 한글이고, '천'(天)도

한글입니다. 땅도 한글이고, 지(地)도 한글입니다. 조선 시대 중국에
사신으로 간 사대부들은 天地(천지)를 '띠에-ㄴ 디'로 말하고 그렇게
공부했습니다. '천지'라는 한글로 중국 사람과 말하지 않았다는 이야
기입니다.

세종대왕은 어떤 분이실까? 궁금하시면 Internet에 들어가 '뿌리깊은
나무'를 다시 한번 본다면 참 좋습니다. 기존의 세종을 해석한 드라
마와는 달리 세종의 자유 분방한 성격을 부각시킨 현대식 해석의 드
라마가 아닐까 생각해 봅니다. 세종대왕은 하늘과 땅이라는 한글이
있는데 무엇 때문에? 왜? 또다시 한글 표기를 사용해 천자문을 만들
었을까를 수도 없이 생각해 보았습니다. 약 55,000자의 한자는 글자
하나하나가 따로 만들어지는 글자입니다. 그러므로 한자는 글자 하나
에 하나의 한글 소리만 있으면 그 표현이 가능하게 됩니다. 하늘 천,
따 지, 검을 현, 누루 황에서(천/지/현/황)이라는 4글자만 붙이면 사
용하는게 가능해 지게 됩니다.

세종대왕은 절대 왕권시대에 이미 민주주의를 완벽하게 실천하신 분
입니다. 백성을 사랑하는 애인주의와 평등 사상을 가장 먼저 실천하
신 분이 아닐까 생각해 봅니다. 어떻게 하면 백성들이 농사를 잘 지을
수 있을까를 연구하기 위해 어느 날 똥지게를 지고 밭에 똥을 뿌리는
장면이 나옵니다. 신하가 급하게 임금을 찾자 "너희가 지금 임금을
찾느냐? 똥지게를 져도 내가 임금이 아니더냐. 내가 임금이다"하시며
너털웃음을 지으신 분입니다.

훈민정음에 나오는 '백성이 말하고 싶어도', '백성이 뜻을 펴지 못한
다', '사람마다 쉽게 여겨 편하게 하도록 만든다'는 표현은 조선 시대

사대부 편이 아닌 백성의 편에 서서 한 말입니다. 백성만을 생각하고 백성만을 위해 한평생을 사신 분이 아닐까 생각해 봅니다.

조선 시대 한문 사대부들이 한자로 방을 써 붙이면 백성은 한자를 몰라 방을 읽지 못해 어려움을 당할 수밖에 없었습니다. 한자로 붙은 방을 읽지 못해 역병에 걸리고 괴질에 걸려 떼죽음을 당하는 일이 빈번히 일어났습니다.

천자의 한자만 알아도 백성이 관료가 될 수 있고, 천자의 한자만 알아도 방을 읽을 수가 있고, 천자의 한자만 알아도 역병이나 괴질이 돈다는 것을 알 수 있다는 백성의 편에서 1,000~2,000자의 한자에 또 다른 한글을 붙여 누구나 사용하도록 한게 아닐까 개인적으로 생각해 봅니다.

이제 약 500년의 세월을 거치면서 반 성리학 대 성리학, 한글 사고 대 한자 사고, 현재 사고 대 과거 사고의 기나긴 전쟁은 서서히 끝이 나는 시점에 와 있습니다. 태조 이성계와 태종은 칼과 행동인 무력을 사용해 조선을 건국하고 절대 왕권을 만들어간 대왕들입니다. 세종대왕은 선대와는 다른 새로운 미래의 조선을 만들고자 칼과 행동이 아닌 말과 글로써 다스리는 세상을 열어 가신 분입니다.

대왕의 자리에서 집현전을 만들고 반성리학적인 글자를 만들어 가면서도 반대편에 있는 성리학의 대가 최만리 사대부를 비롯한 성리학자를 말로 설득하고 포용하고 글로 이해를 시키셨습니다.

절대 권력의 자리에서 힘을 사용하지 않고 말과 글만으로 신하와 백성을 다스리는 것은 결단코 쉬운 일이 아닙니다. 내치에서는 문민정책을 앞 세워 무력을 절대 사용하지 않고 애민 사상과 평등 사상을 기초로 말과 글과 경연으로 신하를 다스렸습니다. 외치에서는 백성의 안전을 최우선으로 왜구를 격퇴하고 강력한 무력을 사용한 문무 겸비의 대왕이 아니었을까를 생각해 봅니다. 인내하고 또 인내하고, 기다리고 또 기다리고, 참고 또 참지 않고는 절대로 만들어 갈 수가 없는 미래의 조선이었습니다.

조선 시대 뿐만 아니라 대한민국 현대사에서도 절대 권력의 자리에만 올라가면 가장 먼저, 가장 쉬운 방법인 무력과 힘을 사용해 백성을 다스리게 됩니다. 그러나 세종대왕은 현대사도 아닌 조선 시대에 새로운 조선, 미래의 조선, 500년 후의 Mega-Dream을 만들어 가고자 칼을 사용하지 않고 힘을 사용하지 않았던 분입니다. 대한민국 5천 년 역사의 가장 중심에 서 계신 분으로, 뿌리 깊은 나무 한 그루를 '한글'이라는 이름으로 이 땅에 영원히 뿌리를 내리게 만든 한 분입니다. 전 세계 어떤 나라도 만들지 못한 완벽한 소리글자를 처음으로 만드신 분이며, 닫힌 사고의 한자 사고에서 열린 사고의 한글 사고를 연 대한민국의 알파와 오메가입니다.

소리글자 영어가 어려워서 말을 못한다기보다는, 세종대왕이 만드신 완벽한 소리글자 한글이 도대체 어떤 소리와 어떤 글자인지 잘 몰라서 말을 못하지 않을까 생각해 봅니다. 소리 글자 영어를 알기 전에 소리 글자 한글의 힘을 정확히 아는 게 무엇 보다 더 중요합니다.

불완전한 소리글자 영어를 전 세계에서 가장 잘 구사할 수 있는 나라는 한글이라는 큰 힘을 가지고 있는 대한민국 사람이라고 자신있게 말 할 수 있습니다.

세종대왕 이도께서는 중국의 벽을 넘고자, 닫힌 사고 한자 사고의 벽을 넘고자 자음 48자, 모음 26자 그리고 종성 28자를 시작으로 글자를 만드셨습니다. 자음 48자와 모음 26자로 소리글자를 만들면 1차로 받침이 없는 소리글자는 1,248개가, 2차로 받침이 있는 소리글자는 32,448개가 만들어집니다. 이를 합하면 무려 33,696개의 글자가 만들어 지게 됩니다. 중국이 몇 천년의 세월을 두고 만들어온 한자 모두를 인위적으로 한글화 시킬 수 있다고 자신하신 분이 아닐까 생각해 봅니다.

전 세계 모든 나라가 지금까지 만들어 온 소리글자로는 인간의 상상을 초월하는 숫자로, 우리가 현재 사용하고 있는 세종대왕의 한글은 만드는 것 자체가 불가능한 소리글자라고 해도 과언이 아닙니다. 전 세계 언어학자들이 한글만 보면 입을 다물지 못하는 첫 번째 이유가 아닐까 생각해 봅니다.

불완전한 소리글자 영어 보다 2,592배가 많은 글자 입니다.

훈민정음 반포로 백성이 사용해야 할 소리 글자는 홀로나는 홀소리 17개와 닿아야만 나는 닿소리 11개로 3,366개의 글자를 만드신 분입니다.

33,696개의 숫자와 3,366개의 숫자가 의미 하는 것은 아마도 완벽한 소리 글자가 한글이라는 뜻이 아닐까 생각해 보게 됩니다.

현재 우리가 사용하는 한글은 자음 14개, 쌍자음 5개, 모음 10개로 구성되어 있습니다. 총 29개의 글자를 사용해 글자를 만들어 가면 받침이 들어가지 않는 소리글자 190개가 1차로 만들어집니다. 1차로 만들어진 소리 190개에 모든 자음을 붙이면 2차로 받침이 들어가는 3,610

개의 소리글자가 또 다시 만들어 지게 됩니다. 현재 우리가 사용하는 한글은 3,800개의 소리글자로, 영어 보다 약 29.23배가 많은 소리를 사용해서 말하게 됩니다.

소리글자의 생명은 말 그대로 세상의 모든 소리를 다 담을 수 있어야 만 그 빛을 발하게 됩니다. 한글은 전 세계 모든 나라, 모든 소리를 다 담을 수 있을 뿐만 아니라 중국이 사용하는 한자의 소리도 중국 사람 발음 그대로 한글화시킬 수 있는 유일한 소리글자입니다.

불완전한 소리글자 영어는 130개의 소리만 만들 수 있습니다. 영어로 는 절대 알록달록, 새콤달콤, 말랑말랑, 빨랑빨랑, 살랑살랑, 벌렁벌 렁, 쿵덩쿵덩, 달가닥달가닥 등 받침이 있는 소리를 만들 수 없습니다.

소리글자를 사용하는 모든 나라의 소리글자는 200개 이상의 소리를 만들 수 없습니다. 한글에서 1차로 만들어지는 190개의 소리만 잘 사 용하면 영어뿐만 아니라 전 세계 모든 나라말을 얼마든지 할 수 있습 니다.

한글에서 받침이 들어가는 3,610개의 소리는 전 세계 모든 소리글자 의 몇 차원을 넘어선 고차원적인 소리입니다. 영어는 받침이 들어가 는 소리를 만들 수 없습니다.

만약이라는 가정하에 전 세계가 한글을 사용하는 한글의 세계화가 이 루어진다면 대한민국이 세계의 중심이 될 것입니다. 그러나 안타깝게 도 현재 그 가능성은 매우 희박합니다.

다시 만약이라는 가정하에 대한민국이 전 세계 speaking English가 121위가 아닌 영어 최강대국이 된다면, 대한민국 사람이 세계의 중심 테이블에 앉을 것이라고 믿습니다.

소리글자 영어를 꼬박꼬박 외워야만 하는 천자문 사고로 본다면 영어 회화, 영어영문법, 영어교과서, 영한사전의 올바른 길을 찾아가기가 어렵습니다. 대한민국 영어 역사 약 50년이라는 긴 세월 속에서 우리가 제 길을 찾지 못한 이유 첫 번째가 천자문 사고 또는 고착된 한문 사대부 사고에 있다고 봅니다.

훈민정음 처음에 나오는 '나라말은 중국과 다르다', '문자도 다르다'는 두 문장은 말의 순서가 다르고 글자가 다르다는 뜻도 있지만 이 말 속에는 더 깊은 뜻이 숨어 있습니다. '조선은 조선이요 중국은 중국일 뿐이다. 한글은 한글이요 한자는 한자일 뿐이다. 조선 사람은 중국 사람과는 다른 조선 사람'이라는 확실한 선포를 하신 거라고 믿습니다. 태조 대왕 이성계는 '일인지하 만인지상'이라는 정치 철학으로 마방진을 풀어가신 분입니다. 1이라는 숫자 하나로 세상의 모든 것을 풀어갈 수 있다고 생각하신 분입니다. 세종대왕 이도는 1이라는 숫자로는 절대로 마방진을 풀어 갈 수가 없다고 생각하신 분입니다. 마방진을 풀어가는 방법은 33,696이라는 완벽한 숫자의 of the people, by the people, for the people이 다 함께 가야만 풀어 갈 수 있다고 믿으셨습니다. 칼과 행동이 아닌 말과 글로 다스리는 세상의 문을 처음 열어 가신 분입니다. 전 세계 민주주의의 효시는 세종대왕이십니다. 미국의 링컨 대통령은 민주주의의 대명사라고 말 할 수 있습니다.

아무리 완벽한 한글이라도 우리가 그 가치를 정확히 모르면 한글의 꽃은 피어나기가 어렵습니다. 우리 모두 어디서부터, 무엇으로, 어떻게, 한글의 꽃을 활짝 피우게 할지는 한자 세대가 아닌 한글 세대인 지금의 700만 학생들의 몫으로 남아 있습니다.

Lecture
04

영어 해례본 1
산은 산, 물은 물,
사람은 사람이다

■
.
.
■
.
.
■
.
.
■

04. 영어 해례본 1
— 산은 산, 물은 물, 사람은 사람이다

대한민국 영한 사전, 컴퓨터에 나오는 전자 사전 모두가 다시 만들어 져야만 하는 첫 번째 영어 해례본 입니다.

영영사전에 나오는 단어 'Korean'은 하늘과 땅이 뒤집혀도 '한국 사람 한 사람'을 뜻합니다. 영어권에서 사용하는 Korean이라는 단어는 '한국의'를 뜻하는 땅이나, '한국어'를 말하는 나라말로 번역될 수 없습니다.

영국이 만든 Collins Concise나 미국이 만든 Webster Dictionary에 나오는 단어는 그 나라에 살아가는 '한 사람'에 대해 설명을 하고 있습니다. 아래 단어 하나하나를 편하게 쭉 훑어보면 좋겠습니다.

Korean '한국 사람 한 사람'

African, Arabian, Aussie, Australasian, Austrian, Balkan, Bangladeshi, Bengali, British, Canadian, Cherokee, Chinese, Christian, Corinthian, Cuban, Czech, Danish, Dominican, Dutch,

English, Ethiopian, European, Filipino, French, German, Greek, Hebrew, Hindu, Hungarian, Indian, Iranian, Irish, Israeli, Italian, Jamaican, Japanese, Kenyan, Korean, Latvian, Lebanese, Libyan, Lithuanian, Luxembourger, Malaysian, Maltese, Mongolian, Moroccan, New Zealander, Nigerian, Norman, Norwegian, Pakistani, Persian, Polish, Polynesian, Portuguese, Roman, Russian, Scandinavian, South African, Soviet, Spanish, Spartan, Trojan, Turk, Turkish, Ukrainian, Vietnamese, Welshman.

위 단어들은 그 나라에 살아가는 한 사람에 대한 설명입니다. 이 단어들의 파생어는 무조건 사람이기 때문에 외우지 않고도 얼마든지 그 의미를 찾아갈 수 있습니다. 달달달 외우려고 애쓰지 않아도 영어사전의 20분의 1 정도는 쉽게 깨우칠 수 있습니다.

'영어 해례본'의 첫 번째를 살펴보겠습니다. Collins Concise나 Webster Dictionary에 나오는 단어는 그 단어가 어떤 단어인지 설명을 하는 식으로 되어 있습니다. 뜻이 없는 소리글자 영어를 영영사전으로 만들기는 쉽지 않습니다. 그러다 보니 영영사전은 수많은 예문을 들어 일일이 설명할 수밖에 없습니다.

Korean, American, French, New Zealander, Japanese와 English라는 단어 6개로 영어 해례본의 첫 번째를 풀어보겠습니다. 대한민국 영어 역사 50년에서 잘못된 번역 가운데 하나가 전치사 of만 나오면 무조건 '…의'로 번역하는 것입니다.

'은/는/이/가/을/를/의'는 말의 연결을 도와주는 한글만의 독창적인 조사로, 말에 특별한 뜻이 전혀 없습니다. 그저 말의 연결을 부드럽게 만들어 주는 활력소입니다.

영어는 '은/는/이/가/을/를/의'라는 조사를 단어로 만들 수 없습니다. of는 '…의'로 번역하는 게 불가능합니다. 영어권에 없는 것은 없는 그대로, 있는 것은 있는 그대로 보아야 합니다.

영어권에 없는 것을 억지로 있는 것처럼 영문법이라는 법의 굴레로 묶어 버리면 English grammar가 제 길을 가지 못합니다. 소리글자 영어에서 of라는 단어는 가장 넓은 의미에서 사용되는 전치사(preposition)일 뿐입니다.

영어권 사람들이 생각하는 of라는 단어를 우리말로 옮기면 '그 상태 그대로 보이게 되는 어떤 상태', '그 상태가 되는…', 또는 '그 상태의'로 반드시 보이는 '상태'가 들어가야만 합니다. 눈에 보이는 세상의 만물은 of 상태가 되므로 가장 폭이 큰 전치사라고 할 수 있습니다.

미리 자세를 취하고 말을 해야만 하는 게 전치사입니다. 경계가 있는 안쪽이면 in, 바깥쪽이면 out, 경계가 불확실한 장소는 at, 안이 되면서 방향도 있으면 into, 시작이 되는 상태는 from, 방향이 있는 상태는 to를 사용하면 됩니다. 숙어나 이중 전치사로 외워서 말하는 중간에 억지로 끼워 넣으려고 하면 말하기가 매우 어렵습니다.

따라서 of Korea '한국의', of America '미국의', of France '프랑스의' etc.로 번역하면 안 됩니다. '…의'자만 붙이면 모든 of의 번역이 끝나지 않습니다. 이 점이 바로 영어 해례본의 처음이요, 기본이며, 초석으로 영한사전이 새로 만들어져야 하는 이유라고 할 수 있습니다.

:: Korean: 한국 사람 한 사람

Collins Concise에 나오는 Korean에 대한 설명은 3개입니다.

1. (Korean means…) of Korea.

2. (Korean means…) a person from Korea.

3. (Korean means…) the official language of North and South Korea.

첫 번째 설명, 한국 사람이란?

그 상태 그대로 보이는 'of' 상태에서 한국에 살아가는 사람을 Korean
이라고 말한다는 설명입니다.

두 번째 설명, 한국 사람이란?

한국에서 시작된 한 사람, 또는 한국에서 태어난 한 사람도 Korean이
라고 말한다는 설명입니다.

태초에 지구에는 한 사람도 없었다는 가정하에 언제부터인지는 모
르지만 한국땅에서 시작된 한 사람 또는 태어난 한 사람을 a person
from Korea라고 설명하는 문장입니다.

세 번째 설명, 한국 사람이란?

북한과 남한에서 한국어를 공용어로 사용하는 사람도 Korean이라고
말한다는 설명입니다.

Korean language에서 '말'이라는 단어 language를 생략하고 말해
도 상대방이 알아들을 수 있다면 Korean만 사용해도 됩니다. 영어권
에서 자주 볼 수 있는 학원 간판 English language school은 반드시
'language'를 표기해 주어야만 합니다. language를 생략하고 English
school만 사용하면 영국 사람이 모이는 그 어떤 school을 의미합니다.

영어 마을 간판을 English Village라고 하면 영국 사람 또는 영어권 사

람들이 사는 마을을 가리킵니다. 반드시 English language school of the…village라고 표기해야만 합니다. 영어권 사람 또는 외국 사람들과 영어로 말을 주고받을 때 우리는 Korean language라고도 말하지만, 한국어라는 나라말로도 사용한다는 설명을 한번 더 할 필요가 있습니다.

가장 심각한 문제는 '한국 사람 한 사람'을 말하는 Korean이라는 단어가 나라를 말하는 '한국의'도, 나라말을 말하는 '한국어'도 된다는 점입니다. Korean은 '한국 사람 한 사람'을 말하는 단어입니다. 따라서 여러 사람 가운데 한 사람을 지칭해서 말하는 a/an을 사용하지 않고, 누구나 'I am Korean.'이라고 말합니다. 대한민국 사람 전체를 말할 때는 반드시 All of the Korean이라고 해야 합니다.

:: American: 미국 사람 한 사람

Collins Concise에 나오는 American에 대한 설명은 2개뿐입니다.

1. (American means…) of the United States of America or the American continent.

2. (American means…) a person from the United of States of America or American continent.

첫 번째 설명, 미국 사람이란?

그 상태로 보이는 United States of America에 사는 사람이나, 그 대륙으로 이주해서 사는 사람을 American이라고 말한다는 설명입니다.

두 번째 설명, 미국 사람이란?

The United of States of America에서 원주민으로 시작된 한 사람, 그

대륙으로 이주한 American으로부터 시작된 한 사람 또는 태어난 사람을 American이라고 말한다는 설명입니다.

Korean이란 단어에는 세 번째 설명이 있는데 American에는 없습니다. 영어를 공용어로 사용하는 미국에서는 American language가 따로 없어, the language of America는 영영사전에 올릴 수 없습니다. 원주민을 포함해 유럽에서 이주한 European을 American이라는 하나의 단어로 묶어서 American '미국 사람 한 사람'이라고 설명하고 있습니다.

그들이 French language나 Spanish language 또는 Italian language를 사용하든지, language하고는 전혀 관련이 없는 상태의 American '미국 사람 한 사람'이 된다는 설명을 1, 2로 나눠 하고 있습니다.

American이라는 단어가 사람이 된다는 생각만 확실하면 파생어로 나오는 모든 단어는 외우지 않고도 저절로 알 수가 있습니다.

- American football: 미국 사람이 하는 축구.
- American Indian: 미국 사람으로 사는 인디언.
- Americanism: 미국 사람이 가지고 있는 관습.
- Americanize: 미국 사람이 만드는 것.

:: French: France 사람 한 사람

Collins Concise에 나오는 French에 대한 설명은 3개입니다.

1. (French means…) of France.

2. (French means…) the official language of France and an official language of Switzerland, Belgium, Canada certain other countries.

3. (French means…) the French the people of France.

첫 번째 설명, France 사람이란?

그 상태로 보이는 France에 사는 사람을 French라고 말한다는 설명입니다.

두 번째 설명, France 사람이란?

다민족이 이주해 사는 국가이므로 공용어(the official language)로 France만 아니라 Switzerland, Belgium, Canada certain other countries 땅에서 사용하는 말을 써도 France 사람인 French가 된다는 설명입니다.

세 번째 설명, France 사람이란?

France는 연방국가로 넓은 의미의 France 연방국가에 사는 사람도 French라고 말한다는 설명입니다. French는 '프랑스 사람 한 사람'을 말하는 단어입니다. French라는 단어가 사람이라는 생각으로만 보면 외우지 않고도 얼마든지 알 수 있습니다.

French beans/French bread/French Canadian/French chalk/French dressing/French fries/French horn/Frenchify/French letter/Frenchman/French polish/French seam/French windows.

:: New Zealander: 뉴질랜드 사람 한 사람

Collins Concise에 나오는 New Zealander에 대한 설명은 딱 1개뿐입니다.

1. (New Zealander means⋯) a person from New Zealand

뉴질랜드는 원주민 Maori들이 들어 오기 전에는 사람이 아무도 살지 않았던 땅이었습니다. 따라서 뉴질랜드로부터 시작 되는 한 사람 또

는 태어나는 한 사람을 New Zealander라고 말한다는 설명입니다. 뉴질랜드는 New Zealand language가 별도로 없는, 영연방 국가 가운데 한 나라이므로 language하고는 전혀 관련이 없습니다. 원주민이 사용하는 Maori language하고 New Zealander는 무관합니다.

이 책을 쓴 권영진은 뉴질랜드 땅에서 태어난 게 아니라 뉴질랜드에서 from 1991 '시작이 되는 상태 1991년'으로 New Zealander라고도 말할 수 있습니다.

:: Japanese: 일본 사람 한 사람

Collins Concise에 나오는 Japanese에 대한 설명은 Korean처럼 3개입니다.

1. (Japanese means…) of Japan.
2. (Japanese means…) a person from Japan.
3. (Japanese means…) the language of Japan.

첫 번째 설명, 일본 사람이란?

그 상태로 보이는 일본 'of Japan'이라는 나라에 살아가는 사람을 Japanese라고 말한다는 설명입니다.

두 번째 설명, 일본 사람이란?

일본 땅에서 시작된 한 사람 또는 태어난 한 사람도 Japanese라고 말한다는 설명입니다.

세 번째 설명, 일본 사람이란?

일본 땅에서 일본 사람이 사용하는 말을 사용하는 사람도 Japanese라고 말한다는 설명입니다. 일본 사람이 사용하는 말은 Japanese language로, 상대방이 language를 생략해도 알 수 있다는 생각이 들면 Japanese만 사용할 수 있습니다.

동아영한사전, 시사영한사전, 전자사전을 포함 각종 사전에서 오랜 세월 동안 한 번도 바뀌지 않고 나오는 Japanese에 대한 번역은 Korean과 똑같습니다.

1. of Japan, 일본의.
2. a person from Japan, 일본 사람.
3. the language of Japan. 일본어.

위 번역은 영영사전과는 전혀 다른 번역입니다.

:: English: 영국 사람 한 사람 또는 영어권에 사는 한 사람

Collins Concise에 나오는 English에 대한 설명은 3개입니다.

1. (English means⋯) of England or the English language.
2. (English means⋯) the official language of Britain, the US, most of the Commonwealth, and certain other countries.
3. (English means⋯) the English the people of England.

이 세 가지 설명에서 영국이라는 자그마한 섬나라가 Britain에서 England로, England에서 The United of Kingdom. 'UK'로 가고자 하는 게 잘 나타나 있습니다. 영국사람인 British의 본토는 Britain '영국' 입니다. 영연방으로 가면서 England라는 넓은 의미의 단어를 사용하고, 20세기부터는 The United of Kingdom이라는 새로운 그들의 왕국을 만들어 가는 나라가 됐습니다.

첫 번째 설명, English란?

Britain만이 아닌 넓은 의미의 England라는 땅에 사는 사람 또는 English language를 사용하는 모든 나라 사람을 다 English라고 말한다는 설명입니다.

두 번째 설명, English란?

영국 본토인 Britain, 미합중국, Commonwealth에 속하는 호주, 캐나다, 뉴질랜드 외에도 51개 국가가 포함되는 나라에서 공용어로 영어를 사용하는 모든 나라 사람도 English라고 말한다는 설명입니다.

세 번째 설명, English란?

넓은 의미의 영연방 England에 사는 모든 사람도 English라고 말한다는 설명입니다. 미국 사람, 호주 사람, 뉴질랜드 사람, 캐나다 사람에게 영국이라는 나라가 너희도 English가 된다고 사전에 명시하고 있는데 너는 어떻게 생각하느냐고 물으면, 어떻게 될 것 같습니까?

'나는 English도 아니고 England도 아니다.' 아무리 그렇게 말해도 Collins Concise는 공용어로 English만 사용해도 '영국 사람 한 사람'으로 만들어가는 나라가 영국이라는 나라입니다. England를 넘어 The United of Queen이 아닌 The United of Kingdom의 새로운 왕국을 꿈꾸는 나라가 영국입니다.

영영사전은 해당 단어를 설명하는 식으로 구성되어 있습니다. 대한민국 영어권은 약 50년이라는 긴 세월 동안 모든 영어 단어를 천자문 사고로 번역하고 영영 사전에 설명으로 나오는 모든 단어를 눈에 보이는 그대로 마구 옮겨서 영한 사전을 만든 것은 아닌지?

동아영한사전, 시사영한사전, 인터넷에 들어있는 전자사전을 만드는 사람들이 다시 한 번 깊이 생각해 보아야만 하는 중요한 문제입니다.

사전이 잘못됐다는 것은 영어의 시작이 잘못됐다는 말과 같은 의미입니다. 그렇게 되면 천자문 사고로 단어와 발음 기호만이 아닌, 숙어를 외우고 문장마저도 통째로 암기해야만 말을 잘할 수 있다는 생각에 사로잡힐 가능성이 큽니다.

Collins Concise나 Webster Dictionary에는 국가에 대한 단어는 아무리 찾으려고 해도 찾을 수가 없습니다. Korea, America, France, New Zealand, Japan 그리고 England라는 국가명은 사전에 올리지 않습니다.

한 국가를 제대로 설명하려면 세계 지도에서 인접 국가, 위치, 면적, 인구 등 모든 것을 올려야만 하는데 사전에는 지면의 한계가 있어 다 올리지 않습니다. 세계 지도나 세계사를 보면 그 나라에 대한 설명이 상세히 나와 있어 따로 사전에는 올리지 않습니다.

The Republic of Korea는 영어권이나 영국이 만들어 영어사전에 올린 게 아닙니다. 우리 정부가 대한민국, 줄여서 사용하는 '한국'이라는 말을 The Republic of Korea 또는 Korea라는 명칭을 사용하는 것입니다.

대한민국 영어권이 영한사전 하나만 제대로 만들어도 누구나 다 영어를 말하는 새 세상, 단어의 의미만 알면 외우지 않고도 얼마든지 말하는 새 세상, 외워서 답을 찾아가는 길이 아닌 생각이 답을 찾아가는 새로운 학문의 세계를 펼쳐 갈 수 있습니다.

소리글자 영어는 외워야만 답을 찾아 가는 천자문 사고가 아닌 순수한 한글사고로 생각하는게 중요합니다. 미래를 열어갈 700만 학생에게 생각이 답을 찾아가는 안목을 열어주는 교육 환경이 무엇보다 중요하다고 생각합니다.

Lecture
05

영어 해례본 2

'가장 확실한 어떤 상태'를
말할 때
be 'am / is / are' 사용해라

우리는 국가와 국가 간에 이뤄지는 정상회담, 육자 회담, 각국간의 외교 문제와 비즈니스, 그리고 기업과 기업 간 비즈니스에서 영어가 통용되는 시대에 살고 있습니다. 영어가 세계어로 통용되는 이 지구촌 시대에 서로의 생각이 전혀 다르게 전달된다면 어떻게 될까를 고민해 보아야만 합니다.

영어권에서는 내년에 죽었다가 깨어나도 확실하게 이 일을 추진하겠다고 말하는데 우리나라 통역사는 be going to…를 '…할 예정'이라는 말로 통역하고, 이 통역을 듣는 대통령, 장관, 국회의원, 시장, 회장, 사장, 그리고 그 일을 추진하는 모든 사람은 "왜? 또 …할 예정이야? 좀 더 확실하게 다시 말하게 해봐"라고 통역사에게 다그친다면 양국 간의 정상적인 회담이나 비즈니스가 가능할까 하는 의문이 듭니다.

영어의 기본 중 기본은 be 동사를 정확히 이해하는 것입니다. 영어권 사람들 생각의 be는 '보이게 되는 어떤 상태', '생각하게 되는 어떤 상태', '하고자 하는 어떤 상태'가 틀림없이, 반드시, 확실하게 되는 상태에서만 사용하는 단어입니다.

'나 확실하게 된다.' '영진.' I am Young-jin.

'나 확실하게 된다.', '한국 사람.' I am Korean.

내가 영진이라는 것과 한국 사람이라는 것은 죽었다가 깨어나도 틀림없는 사실입니다. 변할 수 없는 절대 사실이므로 I am으로 말문을 엽니다. 가장 확실한 상태이기 때문에 I will be Young-jin. 또는 I will be Korean.이라고 말하지 않습니다. 반드시 I am이라는 be 동사를 사용합니다.

가장 '확실한 상태'에서 사용하는 현재 동사, be 'am/is/are'.

가장 '확실하게 된 상태'에서 사용하는 과거 동사, 'was/were'.

가장 '확실하지 않은 상태'에서 사용하는 현재 동사, 'am not/is not/are not'.

가장 '확실하지 않았을 때' 사용하는 과거 동사, 'was not/were not'.

가장 '확실하게 된다.', '그때가 되면 반드시 가게 되는 중인 상태 또는 진행이 되는 상태'인 미래 동사 be going to…, am going to…, is going to…, are going to…를 영어권에서는 사용합니다.

be going to…를 '…할 예정이다'라고 번역하면 영어권에서는 하늘과 땅이 뒤집히는 상태를 의미합니다. '가장 확실한 상태'에서 be going to…를 사용했는데, 이보다 더 확실한 상태를 우리가 자꾸 추궁한다면… 그게 말이 되겠습니까?

be going to…에 대한 예문을 만들어 보았습니다.(이 예문은 English grammar 편에서 계속 나옵니다. 독자 여러분의 이해를 돕기 위해 세

개만 예문을 들었습니다. 괄호( )는 영어권 사람들이 말하는 말의 띄어쓰기입니다.)

■ 예문 1.
(확실하게되니 우리?) (가게되는중인상태) (투우 여어-ㅇ지이-ㄴ'스 버어-r스데에이 파아-r티이) (에-ㅌ 드-으 위이-ㅋ에-ㄴ 드.)?
▷Are we going to Young-jin's birthday party at the weekend?
(맞게된다.) (우리 확실하게된다.)
▷Yes, we are.
이번 주말에 영진의 생일 파티에 확실하게 (가는되는중인상태)를 물어보는 질문으로, 우리가 확실하게 주말이면 (가게되는중인상태)를 대답하는 질문입니다.

■ 예문 2.
(확실하게되니 그들?) (가게되는중인상태) (투우 고오) (투우 러어-ㄴ 더어-ㄴ) (네에-ㅋ스트 이-어-r.)?
▷Are they going to go to London next year?
(맞게 된다.) (그들 확실하게 된다) (고오이-ㅇ) (투우 고오) (투우 러어-ㄴ 더어-ㄴ) (네에-ㅋ스트 이-어-r.).
▷Yes, they are going to go to London next year.

내년이 아니라 10년 후라도 be 동사를 사용하면 반드시, 확실하게 갈계획이 있는 상태에서만 사용합니다. 정상회담, 외교문제, 어학연수, 공무원 연수, 정부 공공기관에서 이미 확실하게 계획이 다 짜진 상태에서 말을 주고받는 것입니다. 불확실하거나 예정인 경우에는 반드시

will이나 perhaps, maybe etc.로 말문을 열어야 합니다.

내년에 확실하게 런던에 '가게 되는 중인 상태'를 물어보는 질문으로 어학연수, 공무원 연수, 정부 공공기관에서 이미 확실하게 계획이 다 짜진 상태에서 내년이 되면 확실하게 그들이 '가게 되는 중인 상태'를 I와 you가 지금 상태에서 말을 주고 받는 문장입니다.

■ 예문 3.

(나 확실하게된다.) (가게되는중인상태) (투우 고오) (투우 스크우-ㄹ) (네에-ㅋ스트 이-어-r.).

▷I am going to go to school next year.

be going to… 를 사용하면 tomorrow/next month/next year/10 years 어떤 단어가 와도 영어권 사람들은 반드시, 틀림없이, 확실하게, 죽지만 않는다면? 반드시 going 상태를 만든다는 뜻으로 사용합니다.

만약에 I am not going to…를 사용하면 죽었다가 깨어나도 확실하게 going 상태가 아니라는 확고한 의지를 말하는 문장입니다.

어려서부터 영어를 공용어로 사용하는 영국, 미국, 영연방 사람은 "나는 이 세상에 태어났다."라고 생각하는 사람은 단 한 사람도 없습니다. 반드시 "나는 이 세상에 태어나게 되었다."라고 생각하고 한평생을 살아갑니다.

한글은 발음과 말하고 생각하는 것이 양면성이지만, 영어는 발음과 생각하는 것이 한쪽으로만 가는 일면성의 언어입니다. 쉽게 말해 한글의 양면성은 '이다. 된다.'로, 영어의 일면성은 '된다.'로 생각하면 됩니다.

우리가 살아 숨 쉬는 우주는 God에 의해 만들어지게 되었고, 사람은 아담과 이브로부터 시작되었고, 부모에 의해 태어나게 되었고, 학교에 가게 되었고, 직업을 갖게 되었고, 사람을 만나게 되었고, 돈을 가지게 되었고, 결혼하게 되었고, 집을 사게 되었고, 나이가 들게 되었고, 결국은 죽음이라는 세계에서 잠들게 되고, 부활하게 되고, 죽음이나 고통이나 눈물이 없는 천국에서 영원히 살게 된다는 사고만 있는 사람들이 영어권 사람입니다.

'된다.' 라는 영어권 사람들 생각으로 English grammar를 풀어가면 누구나 영어를 정복할 수 있습니다. 가장 확실하게 되는 것, 죽었다가 깨어나도 변하지 않게 되는 것, 오늘 죽어도 이 단어를 사용하면 반드시 해야만 되는 것을 말할 때 영어권 사람들은 be 'am/is/are'를 사용한다는 것을 우리 700만 학생들이 꼭 알아 두면 좋겠습니다.

(나 확실하게된다.) (영진.). I am Young-jin.

내가 '영진' 이라는 것은 하늘과 땅이 뒤집혀도 바뀔 수가 없는 확실한 상태를 말합니다. 그러므로 둘 이상에서 하나로 존재하는 것에 붙어 다니는 a/an을 사람 이름 앞에는 절대로 붙이지 않습니다. 온 우주에 하나로만 존재하는, 그 어디에도 하나밖에 없는 나(I)이므로 사람 이름 앞에는 a/an을 붙여서는 안 됩니다.

알파와 오메가처럼 I는 언제나 대문자로 표기하는 유일한 한 글자입니다. 내가 태어나지 않게 되었다면? 우주의 역사도, 인간의 역사도 무용지물이라는 생각이 영어권 사람들 생각입니다. I의 가치를 남과 비교하는 상대 가치가 아닌 절대 가치로 만든 한 글자가 영어의 I라는 단어입니다.

뉴질랜드 교민들이 보는 World TV KBS는 한국적인 사고의 통역관이 자막을 넣어 줍니다. 대사 장면에서 예정 또는 할까 말까, 하는 장면만 나오면 'be going to…'를 사용합니다. 대한민국 영어권 전체가 약 50년이라는 긴 세월 동안 'be going to…'만 나오면 습관적으로 '…할 예정이다.'로 번역합니다.

영어권에서는 내년에 확실하게, 죽었다가 깨어나도, 무엇보다도 먼저 이 문제를 하겠다, 는 의지를 확실하게 'be going to…'로 밝히는데, 한국 통역사들은 내년이면 "…할 예정이라는데요?"라고 불확실한 상태로 통역합니다. 우리 정부가 'be going to…' 자리에 죽으라고 will be나 will이라는 단어를 사용하도록 강요하지는 않는지, 한 번쯤은 진지하게 생각해 보아야 합니다.

비틀스가 부른 'Let it be'는 be라는 단어가 어떤 의미로 사용되는지를 잘 보여 줍니다. 이 노래를 따라 부르는 영어권 사람들은 죽었다가 깨어나도, 다시 태어나도, 어떤 일이 있어도 반드시, 'be 상태'를 만들겠다는 확신을 가지고 노래를 부릅니다. 'Let it be'라는 노래는 be라는 단어가 나오므로 'Let it be'의 be라는 단어에 열광하고 be라는 단어 때문에 반복하고 be라는 단어로 인해 신나게 따라 부릅니다

Lecture
06

영어 해례본 3

영어는 소리글자,
'소리글자'로 보는 눈이
중요하다

영국이라는 자그마한 섬나라가 불완전한 영어를 어떻게 다듬어 언어의 대전쟁에서 이길 수 있었는지를 생각해 봐야 합니다.

미래의 세계는 말을 어떻게 하도록 만들어 가는지가 중요합니다. 어려서부터 말을 어떻게 하느냐에 따라 '생각'이라는 두 글자가 만들어집니다. 영어는 모든 단어를 일일이 따지고 또 따져서 만들고, 만들어진 그 단어는 반드시 그곳에만 사용하게 되어 있습니다.

눈으로 보기는 보는데?

:: 눈과 눈을 마주치고 볼 때는 see를 사용합니다.

사람과 사람이 만나고 헤어질 때는 눈과 눈을 마주치고 보는 see를 사용합니다. 어떤 사물과도 눈을 마주치고 보게 된다면 see를 사용해야 합니다.

I'll see you tomorrow. I'll see you later. I'll see you again. I'll see you soon. See you bye.

영어권에서는 반드시 눈과 눈을 마주치고 눈으로 먼저 인사를 해야
합니다. 영어권에 유학이나 이민을 와서 영어권 대학을 졸업하고도
매일 만나는 이웃 사람과 아침에 만나면 눈과 눈을 마주치지 않고 입
으로만 인사하는 경우가 많습니다. 아침에 옆집 사람을 만나면 "Hi!
Good morning!"만 하고 눈은 see 상태가 아닌 다른 곳을 둘러보는
look 상태에 있는 사람을 수도 없이 보았습니다. 이웃집 사람을 만나
면 이름 사회이므로 이름을 먼저 불러주는 게 가장 우선입니다.

see, seeing, saw, seen

▷파생어: see about

:: 눈을 떼지 않고 볼 때는 watch를 사용합니다.
무엇인가를 관찰하거나 주의 깊게 살펴볼 때 또는 TV나 컴퓨터에서
눈을 떼지 않고 볼 때는 반드시 watch를 사용합니다.

watch/ watching/ watched

▷파생어: watchable, watchdog, watchful, watchmaker, watchman,
watch-night service, watch out, watch over, watch strap,
watchtower, watchword

:: 눈으로 여기저기 빙 둘러 볼 때는 look을 사용합니다.
물건을 찾거나, 경치를 둘러보거나, 사람을 찾기 위해 여기저기 둘러
보는 경우에는 look을 사용합니다. 직원을 구하기 위해 아가씨를 둘
러보는 경우에도 look을 써야 합니다.

look / looking / looked

▷파생어: look after, look alike, look back, look down, look forward to, look-in, looking glass, look on, look out, look over, look-see, look up

:: 숨어 있는 무언가를 찾기 위해, 어딘가를 뒤지거나 땅을 파서 눈으로 찾아내는 경우에는 find를 사용합니다.

find/finding/found

▷파생어: finder, finding, find out

귀로 듣기는 듣는데?

:: 소리를 직접 듣는 경우에는 hear를 사용합니다.

귀가 잘 안 들리면 직접 듣도록 만든 보청기를 hearing aid라고 합니다.

hear/hearing/heard

▷파생어: hearing, hearing aid, hearken, hearsay, hearse

:: 무엇인가를 통해서 소리를 듣는 경우에는 listen을 사용합니다.

청진기를 통해서 듣거나, 라디오를 통해서 음악을 들으면 반드시 listen을 사용해야 합니다.

listen/listening/listened

▷파생어: listen in, listeriosis

입으로 말을 하기는 하는데?

:: 입으로 말을 하면서 말을 주고받을 때는 talk를 사용합니다.

말이 오가는 것은 반드시 상대방이 있어야만 가능합니다. 그러므로 I 와 you가 서로의 생각을 말이라는 매체를 통해 주고받는 경우에 talk 를 사용합니다. Kakao talk의 경우, 문자가 오가는 상태이므로 talk를 사용합니다.

영어권 교육은 선생님은 가르치고 학생은 듣기만 하는 것이 아니라, 선생님이 어떤 주제를 던지면 선생님과 학생이 다 함께 talking에 talking을 해서 생각이 답을 찾아가도록 만들어가는 교육을 합니다.

영어권 선생님들은 자기가 다 알고 있는 상태에서 학생들을 가르친다고 생각하는 분들은 거의 없습니다. 단지 그 길을 먼저 걸어간 선배로서 선생님과 학생들이 talking에 talking을 원활히 해서 더 좋은 학문의 길을 찾아가도록 하는 게 영어권 사람들의 교육이라고 생각합니다.

talk / talking / talked

▷파생어: talk back, talk down, talkie, Talking Book, talking head, talking point, talking-to, talking into, talk out, talk round

:: 말이 오고 가지 않는 상태에서는 speak를 사용합니다.

한쪽이 계속 말을 하고 다른 한쪽은 듣기만 하는 you 상태에서는 speak를 사용합니다. 주입식 교육의 대표가 speaking 교육입니다. 수업시간 한 시간 내내 선생님은 온 힘을 다해 말하고 학생은 듣기만 했다면 그것은 speaking 상태라 할 수 있습니다. 서로 talking을 해서 '생각'이라는 두 글자가 답을 찾아가도록 하는 게 아니라, 외우게 된

그 자체가 정답이라는 고정 관념이 될 가능성이 큽니다.

speak / speaking / spoke / spoken

▷파생어: speakeasy, speaker, speaker, speak up, speak out

:: 여러 사람 앞에서 I 혼자서 말하고 청중은 듣기만 하면 speech를 사용합니다.

▷파생어: speech day, speechify, speechless, speech theraphy

:: 말을 하기는 하는데, 입으로 직접 말할 때는 tell을 사용합니다.

tell / telling / told

▷파생어: tell apart, teller, telling, tell off, telltale, tellurian, tellurium, telly

:: 입으로 말을 하기는 하는데, 직접 말하지 않는 경우에는 say를 사용합니다.

▷파생어: say / saying / said

:: 두 사람 이상의 사람이 어떤 틀에 얽매이지 않고 자유롭게 talking 할 때는 conversation을 사용합니다. Informal talk between two or more people이므로 수천, 수만, 수억의 사람이 될 수도 있는 단어가 conversation입니다. 그러므로 conversation은 말을 주고받는 영어 회화라는 의미로 사용하기에는 부적절한 용어가 아닐까 생각합니다.

▷파생어: convector

코로 냄새를 맡기는 맡는데

영어사전을 만든 영국의 언어학자들이 숱한 궁리를 했지만, 여기에서는 smell 하나 밖에 만들어 내지 못했습니다. 다행히 한 단어를 덧붙이면 많은 말을 만들 수가 있습니다.

good smell, bed smell, foot smell, perfume smell.

smell / smelling / smelt or smelled

▷파생어: smelling salt, smelly- smellier- smelliest, smelt, smelter

위에 나오는 파생어는 외워야만 하는 천자문 사고가 아닌 순수한 한글 사고로 생각해야 합니다. 그 단어에 대한 설명이라는 생각으로 영어사전을 보면 외우지 않고도 그 단어의 의미를 쉽게 찾아갈 수 있습니다.

믿기는 믿는데?

:: I 자신이 직접 신뢰하거나 자신 쪽에서 믿는 경우에는 believe를 사용합니다.

:: You 또는 제3의 위치로부터 신뢰 되거나, 믿어지게 되는 경우에서는 trust를 사용합니다.

하늘은 하늘인데?

:: 눈에 보이는 하늘은 sky라는 단어를, 눈에 보이지 않는 하늘은

heaven을 사용합니다.

영영사전에 나오는 -er

모든 영어 단어는 순수한 한글로 보면 외우지 않고 얼마든지 쉽게 답을 찾아갈 수 있습니다. 영어권 국가는 사람, 사물, 동물을 똑같은 수평으로 놓고 똑같은 말을 사용하도록 만든 말에서의 완전 수평(평등) 생각으로 영어를 보는 안목이 중요합니다. 영어에는 존댓말과 하대가 없습니다.

would, should, could, shall, might, may etc.는 마음 상태를 말하는 단어로, 존댓말과는 거리가 멀어도 한참 먼 단어들입니다.

영어 단어에 -er을 붙이면 사람의 오장육부가 움직이는 것이나, 동작이 가능한 기계가 움직이는 것이나, 동작이 가능한 모든 상태에서 사람, 동물, 사물을 구분하지 않고 똑같이 사용합니다.

Collins Concise의 상당 부분을 차지하는 -er이 붙어 다니는 소리글자 English word를 한글 사고로 보는 안목이 생기면 외우지 않고도 얼마든지 그 의미를 찾아갈 수 있습니다. 모든 것을 외워야만 하는 천자문 사고로 가면 힘든 길을 갈 수밖에 없습니다. 신문이나 잡지에 수도 없이 나오는 단어 -er을 외우지 않고 찾아가는 길은 동사가 가는 대로 명사가 같이 가면 됩니다. 순수한 한글 사고는 동사가 가는 대로 명사가 따라가게 됩니다.

- farm / farmer: 농사짓게 된다. 농사짓게 되는 사람.
- teach / teacher: 가르치게 된다. 가르치게 되는 사람.

- learn/learner: 배우게 된다. 배우게 되는 사람.

- chill/chiller: 차게 된다. 차게 만드는 기계나 사람.

- freeze/freezer: 얼게 된다. 얼게 만드는 기계.

- refreeze/refreezer: 다시 얼게 만드는 장치를 부착한 냉동고.

- talk/talker: 말을 주고받게 된다. 말을 주고받게 되는 사람.

- speak/speaker: 혼자서 말하게 된다. 혼자 말하게 되는 사람이나 기계.

- dig/digger: 파게 된다. 파게 만드는 기계나 사람.

- fly/flyer: 날게 된다. 날게 되는 기계나 사람.

- catch/catcher: 잡게 된다. 잡게 되는 물건이나 사람.

- sing/singer: 부르게 된다. 부르게 되는 사람(입으로 직접 부르는 경우).

- call/caller: 부르게 된다. 부르게 되는 사람(입으로 직접 부르지 않는 경우).

- swim/swimmer: 헤엄치게 된다. 헤엄치게 되는 사람.

- paint/painter: 칠하게 된다. 칠하게 되는 사람.

- dream/dreamer: 꿈꾸게 된다. 꿈꾸게 되는 사람.

- shut/shutter: 밀어서 닫게 된다. 밀어서 닫게 되는 문.

"Please, shut a mouth."는 shutter처럼 입을 옆으로 닫게 되는 상태를
말한다.

특별하게 사용할 필요가 있거나 -er을 붙여서 소리가 좋지 않으면 단
어를 새로 만들어 편하게 사용합니다.

- study/student: 스스로 공부하게 된다. 스스로 공부하게 되는 사람.

- doctor: 고치게 된다. 고치게 되는 사람, license 소지자.

- nurse: 돌보게 된다. 돌보게 되는 사람, nursery: 식물을 돌보게 되는 장소.

- visit/visitor: 찾아가게 된다. 찾아가게 되는 사람.

- invent/inventor: (눈에 보이지 않는 in 상태에서) 새로 만들게 된다. 새로 만들게 되는 사람.

- create/creator: (눈에 보이는 상태에서) 새로 만들게 된다. 새로 만들게 되는 사람.

눈에 보이지 않는 상태에서 하나를 보이게 만들거나, 하나가 있는 상태에서 또 다른 하나를 새로 눈에 보이도록 만드는 경우에 사용합니다.

- president: 머리의 역할을 하게 된다. 머리의 역할을 하게 되는 사람.

선거에서 다수결에 의해 머리의 역할을 하도록 만들어진 직책으로, 기간이 정해진 경우에 사용한다.

- chairman: 의자에 앉아 일하게 되는 남자.

- chairwoman: 의자에 앉아 일하게 되는 여자.

현대자동차에서 만든 차 중에서 잘 만들고도 외국에서는 크게 인기를 얻지 못한 차가 Chairman이 아닐까 생각합니다. 천자문 사고에 젖어 있는 우리는 chairman을 회장이라고 말하지만, 영어권에서는 온종일 의자에 앉아서 일하게 되는 남자를 말하는 단어로, 회사를 운영하는 사람들에게 많이 사용합니다.

외국에서 오래 산 한 여자분이 사무실 입구에 회장이라는 뜻으로 'Chairman+ 여자 이름'을 붙인 것을 보았습니다. 'Chairwoman+ 여자 이름'을 사용해야만 합니다. 영어권 사람들 가운데 chairman을 회장이라고 생각하는 사람은 한 사람도 없습니다. 단어 있는 그대로 chair + man입니다.

- gentleman: 지킬 것을 지키게 되는 남자.

몇 년 전 '강남스타일'이라는 발랄한 노래로 전 세계를 강타한 싸이가 '신사'라는 뜻의 '젠틀맨'을 후속곡으로 내놓았습니다. 영어권 사람들은 천자문 사고가 없으므로 우리처럼 신사라는 말 자체가 없습니다. gentleman이라는 단어는 매우 어려운 발음에 속합니다.

gentleman은 9개의 소리가 들어 있는 '줴에-ㄴ트으-ㄹ메에-ㄴ'입니다. 이것을 받침이 들어가는 '젠틀맨'이라는 3개의 소리로 부른 곡입니다. 아무리 연습을 해도 영어권 사람들이 듣기는 매우 거북한 발음입니다. 강남스타일에 이어 아리랑스타일을 후속곡으로 발표했다면 한 번 더 크게 인기를 얻지 않았을까 생각합니다.

style은 발음이 '스타이-ㄹ'이 됩니다. 영어권 사람 누구나 쉽게 알아듣지만 '젠틀맨'으로 발음하면 받침이 3개나 줄줄이 들어가는 한글만의 소리이므로 영어권 사람은 알아 듣기가 어렵습니다. 영한사전의 수많은 단어를 외우지 않고도 뜻하는 의미를 찾아갈 수 있는 유일한 방법은 외워야만 하는 천자문 사고가 아닌 열린 사고, 다시 말해 한글 사고로 영어를 보는 안목이 있어야 합니다.

산은 산이 된다

mountain이라는 단어를 컴퓨터에서 검색하면 다음과 같이 나옵니다.
1. 산 2. 거대한 3. 산에 사는 4. 산 같은 5. 산악, 산맥, 연산, 산지
컴퓨터에서 검색한 1~5를 제대로만 번역하면 영어의 mountain이라는 단어가 한국어로는 무엇인지 쉽게 알 수 있습니다. 영영사전의 설명을 번역하면 '아! mountain이라는 단어는 강도 아니고, 땅도 아니고, 한국어로 산이구나'라는 'mountain = 산'이라는 정답 하나를 얻을 수 있습니다. 아주 단순한 이 답을 억지로 '1. 산 2. 거대한 3. 산

에 사는 4. 산 같은 5. 산악, 산맥, 연산, 산지'로 만든 것은 아닌지요?
mountain이라는 단어에는 우리가 눈으로 보는 산 이외 다른 뜻이 전혀 없습니다.

Collins Concise에 나오는 mountain에 대한 설명은 'mountain은 하나로 보이는 상태에서 매우 넓고, 높고, 그리고 가파른 언덕이 있는 것을 말한다'고 적혀 있습니다. 'a very large, high, and steep hill.'
소리글자 English word를 사전으로 만들기가 어려워 영어권에서는 길게 설명을 할 수밖에 없습니다. 영영사전의 설명을 천자문 사고로 눈에 보이는 그대로 '거대(巨大)한 협곡(峽谷), 산맥(山脈), 산지(山地)' 등으로 번역한 것은 아닌지요?

물은 물이 된다

water라는 단어를 컴퓨터에서 검색하면 이렇게 나옵니다.
1. 물 2. 바다 3. 수역 4. 수분 5. 수면.
▷ '더 보기'
1. 물.
2. 'the waters', 건강에 좋다는 광천수'(鑛泉水), mineral waters.
3. 수량(水量), 수심, 조수, 수면.
4. 영해, 근해, 수역; '보통 the waters' 흐르는 물결치는 물 같은 것, 바다, 호수, 강, 홍수.
5. 생체의 분비(배출)액, 체액(눈물, 땀, 오줌, 침, 양수 등).
6. 수용액, 화장수.
7. (불) 배의 침수, 누수.

8. (금융) 주식의 실자산액 이상의 평가액, 그 주의 발행.

9. 특히 다이아몬드의 투명도, 품질; 일반적으로 품질, 품위, 우수성.

10. 옷감 금속판의 물결무늬, 파문.

11. 수채화, 그림물감.

그다음은 타동사 1~4, 자동사 1~3, 형용사 1~7까지 나옵니다. Collins Concise에 나오는 water의 주 설명은 water라는 단어는 하나가 되는 상태에서 색깔이 거의 없고, 맛도 거의 없는 액체로, 식물과 동물이 살아가는 데 필요한 것이고, 그것은 빗방울로 떨어지게 된다는 설명입니다. 그리고 바다, 강, 호수의 형태를 만들어 간다는 것입니다. 'a clear colorless tasteless liquid that is essential for plant and animal life, that falls as rain, and forms seas, rivers, and lakes.'

water라는 소리글자를 우리는 이미 '물'이라고 알고 있지만 처음 water라는 단어를 보는 전 세계 사람을 위해 'water란 이런 것이다'라는 설명을 하기가 쉽지 않아 영영사전에서는 길게 설명을 하고 있습니다.

닫힌 사고의 천자문 사고로 가면 물은 무색(無色), 무미(無味), 무취(無臭)이지만, 열린 사고의 순수한 한글 사고로 가면 전혀 다른 결과를 낳게 됩니다. 천자문 사고의 무색(無色)이라면 색깔이 전혀 없는 상태를 말하므로 눈에 보이지 않아야만 됩니다. 반면에 순수한 한글 사고로는 '물 색깔 참 좋다'고 말하며, 색깔은 거의 없는 상태이지만 '참 물 깨끗하다'고 말합니다. 영어사전의 a clear colorless와 똑같은 상태로 말합니다.

무미(無味)라면 맛이 전혀 없어야만 하지만, 한글 사고로는 '참 물맛 좋다'는 영어사전의 tasteless 사고와 똑같은 사고로 말합니다. 무취

(無臭)라면 전혀 냄새가 없어야 하지만, 물에서 암반수 냄새가 난다고 도 하고 흙냄새가 난다고도 합니다.

* notice: 알려주게 되는 어떤 상태

notice라는 단어를 '알려주게 되는 어떤 상태'에서 사용하는 단어로만 알게 된다면 어떻게 될까요? 우리 학생들은 외울 필요가 없습니다. 영한사전에 틀에 박힌 듯이 나오는 천자문 사고의 주의(注意), 주목 (注目), 통지(通知), 통보(通報), 게시(揭示), 공고(公告), 예고(豫告) 외 에도 한글 사고로 보면 수백만 개의 notice를 만들 수 있습니다. 영한사전에 나오는 알림, 주의, 주목, 통지, 통보, 게시, 공고, 예고는 notice라는 단어를 설명하기 위해 영어사전에서 설명으로 문장을 나 열한 것입니다. 외워야만 하는 천자문 사고로 가면 영한사전에 나오 는 번역 이상으로 만들기가 어렵습니다. 천자문 사고로 쓰인 notice라 는 단어를 동아영한사전, 시사사전, 컴퓨터에서 직접 한번 찾아보면 어떻게 되는지 금방 알 수 있습니다.

notice라는 단어를 생각 가는 대로 한번 만들어 보았습니다. 아래 경 우에도 notice를 사용합니다.

첫 번째 알려주는 것(1st notice)/두 번째 알려주는 것(2nd notice)/세 번째 알려주는 것(3rd notice)/마지막으로 알려주는 것(final notice)/ 여러 사람에게 알려주는 것(public notice)/학교에서 알려주는 것 (school notice)/서울시청에서 알려주는 것(Seoul City Council notice)/ 위험한 상태를 알려주는 것(warning notice)/연필에 관해 알려주는 것 (pencil notice)/병원에서 알려주는 것(hospital notice)/김치에 관해 알 려주는 것(Kimchi notice) 등.

세상에 존재하는 모든 단어에 notice를 넣을 수 있다는 생각을 하면 굳이 단어를 외우지 않고도 얼마든지 그 의미를 터득할 수 있습니다. 순수한 한글의 '알려주게 되는 어떤 상태'의 notice는 얼굴, 머리, 머리카락, 코, 입, 귀, 손, 발, 손톱, 발톱, 발가락, 엄지발가락에도 notice를 붙이면 말이 됩니다.

Collins Concise나 Webster Dictionary에 나오는 단어는 English word means…. 로 시작됩니다. 대한민국 영어권이 50년이라는 긴 세월 동안 만들어 온 영한사전은 '영어 단어=눈에 띄는 단어'와 똑같다는 고정된 천자문 사고로 만들어진 게 아닐까 생각합니다.

모든 학문의 시작이 천자문 사고로 가면 외워야만 정답을 찾아가는 닫힌 사고가 될 가능성이 큽니다. 학문의 길은 모든 것에서 열린 사고, 한글 사고에서 시작되어야 합니다. '하늘'도 한글이며 '천(天)'도 한글이고, '땅'도 한글이며 '지(地)'도 한글이라는 생각이 중요합니다.

대한민국 거리의 간판에서 한자가 사라지는데 약 500년이라는 오랜 세월이 걸렸습니다. TV에서 앵커들이 자주 말하는 "감사(感謝)합니다"가 "고맙습니다"라는 순 한글로 넘어오는데도 수많은 시간이 필요했습니다.

닫힌 사고의 천자문 사고가 강한 곳에 가면 웃음이 사라지고, 딱딱해지고, 부드럽지 않고, 양보가 없고, 자기주장이 강하게 될 가능성이 큽니다. 반면 열린 사고의 한글 사고가 강한 곳에 가면 위와는 반대될 가능성이 큽니다.

Lecture
07

영어 해례본 4

영어는 모든 스펠링에
모음이 따라 다닌다

.

.

.

.

유럽에서 강대국으로 군림하고 있는 France는 French language로, Spain은 Spanish language로, Germany는 German language로, Italia 는 Italian language로, Russia는 Russian language로, England는 English language를 사용하고 있습니다.

수백 년 동안 싸워온 기나긴 언어의 대전쟁은 영국이라는 자그마한 섬나라의 승리로 끝났습니다. 전 세계에 승전고를 울린 영어는 130개 의 소리 밖에는 만들어질 수가 없는 불완전한 소리글자로, 세상의 모 든 소리를 다 담아낼 수 없습니다.

영어는 유럽 여러 나라가 사용하는 소리를 여기저기서 빌려 영어만의 소리를 붙여서 그들만의 소리를 붙인 언어입니다. 이 때문에 유럽 사 람들은 영어를 임차어(borrowed language)라고 합니다. 유럽 여러 나 라는 똑같은 알파벳 모음 5개와 자음 21개를 사용하여, 나라마다 발 음을 조금씩 다르게 만들어 그들의 언어로 사용하고 있습니다.

이들도 130개 안쪽의 소리만 만들 수 있는 불완전한 소리글자로, 세상의 모든 소리를 다 담아낼 수가 없습니다.

프랑스 사람이 사용하는 French language는 A, B, C, D, E…를 아, 베, 쎄, 데, 으…로, 이탈리아 사람이 사용하는 Italian language는 아, 비, 치, 디, 에…로, 독일 사람이 사용하는 German language는 아, 베, 체, 데, 에…로, 스페인 사람이 사용하는 Spanish language는 아 베 쎄 데 에…로 소리글자를 만들었습니다.

유럽 국가 언어 중 가장 큰 문제는 영국이라는 작은 나라가 만든 영어라는 소리글자입니다. 만약이라는 가정에서 영국이 A, B, C, D, E… 를 '에, 비, 씨, 디, 이…'로 소리를 만들었다면 어떻게 될까요? French language, Italian language, German language, Spanish language 또는 European language와 거의 똑같은 발음으로 우리도 아주 쉽게 소리를 만들 수가 있습니다.

그러나 영국이 만든 English language는 A, B, C, D, E…를 반드시 '에이, 비이, 씨이, 디이, 이이…' 처럼 모든 스펠링에 모음이 일일이 따라 다니도록 했습니다. 유럽 사람뿐만 아니라 전 세계 모든 나라 사람이 영어로 발음하기 어려운 것은 발음하는 방법이 스펠링부터 다르기 때문입니다.

Korea를 글자로 써주면 French, Italian, German, Spanish and European은 '꼬뤼아' 라고 말하지만, 영국이나 미국, 호주, 캐나다, 뉴질랜드 등 영어를 공용어로 사용하는 사람들은 반드시 '꼬오-r이아' 나 '꼬오뤼이아'라고 스펠링 하나하나를 다 발음합니다.

노랑머리의 외국인이라도 영어를 하다 보면 다 똑같은 소리로 말하는 게 아니라는 사실을 알 수 있습니다. 영어를 공용어로 사용하는 영국, 호주, 미국, 캐나다, 뉴질랜드와 그리고 영연방 나라 사람들과 유럽 사람들이 말하는 소리는 전혀 다릅니다. 이 사실을 우리 학생들이 알면 우리는 유럽 어떤 나라보다 더 영어를 잘할 수 있습니다.

일본 역시 받침이 없는 불완전한 소리글자를 사용하는 나라입니다. 받침을 사용하는 우리나라가 일본 말에 받침을 넣어서 사용합니다. 우리가 '김치'라고 말해도 받침이 없는 일본 말로는 '기무치'가 됩니다. 아무리 우리처럼 노래를 부르려고 해도 우리처럼 부를 수 없는 언어가 일본 말입니다.

외국에서 공부하는 한국, 중국, 일본 학생 중에서 영어 발음이 가장 안 좋은 학생들은 첫 번째가 일본 학생, 그다음이 중국 학생입니다. 한국 학생의 영어 발음이 가장 좋습니다.

자주 얘기했다시피 전 세계에서 유일하게 한글만 양쪽을 다 사용하는 양면성의 소리글자입니다. 따라서 한국 사람들은 노래를 부를 때 한쪽으로만 가는 영어 스타일의 나열식으로 노래를 부르다가, 말을 할 때는 받침을 사용해서 하므로 혀가 한쪽으로만 굳어지는 현상 자체가 없습니다.

한글에서 받침이 없는 190개의 소리만 사용하면 영어뿐만 아니라 소리글자를 사용하는 Japanese language, French language, Italian language, Spanish language, German language 등 전 세계 모든 나라 말을 얼마든지 잘할 수 있습니다.

영어를 공용어로 사용하는 영국, 미국, 호주, 캐나다, 뉴질랜드와 영연방 모든 나라 사람은 어려서부터 받침이 들어가는 소리를 한 번도 들어 본 적이 없을 뿐만 아니라 그들의 글자에는 없는 소리이므로 아주 생소한 소리입니다. 받침이 들어가는 소리를 영어권 사람들에게 말하면 알아듣기도 어려울 뿐만 아니라 말을 따라 하기는 더욱더 어렵습니다.

이미 한국어를 배운 상태에서 영어권에 이민을 오거나 유학을 온 한국 학생들 대부분은 영어에 받침이 없다는 사실을 모른 채 말을 합니다. 그러다 보니 자연스럽게 자기도 모르는 상태에서 사용하는 받침이 있는 소리 또는 스펠링을 다 말하지 않는 소리로 대화합니다. 당연히 영어권 학생들과 의사소통이 어렵습니다.

한글에서 받침이 들어가는 3,610개의 소리글자는 고차원적인 한글만의 소리글자로, 영어뿐만 아니라 전 세계 어떤 소리글자에도 없는 우리만의 소리라 할 수 있습니다.

'외국에 유학을 가지 않으면 영어를 잘할 수 없다'가 아니라 '유학을 가지 않고도 받침이 없는 190개만 사용하면 얼마든지 영어를 잘할 수 있다'는 우리 700만 학생들의 생각이 중요합니다.

노래 '아리랑', '홀로 아리랑'을 생각하며

완벽한 영어로
세계 중심 테이블에 앉기를
꿈꿉니다

08. 노래 '아리랑', '홀로 아리랑'을 생각하며
— 완벽한 영어로 세계 중심 테이블에 앉기를 꿈꿉니다

한국에서 최신판 영한사전, 중고등학교 영어교과서, 수많은 영어회화 책을 들여온 지가 어느덧 13년 세월입니다. 왜, 무엇이, 어디가, 어떻게 문제가 되었는지, 왜 50년이라는 긴 세월 동안 근본적인 문제를 찾아가지 못하게 되었는지 하나하나 따져서 그 길을 확실하게 찾아갈 수가 있었습니다. 그러나 발음 문제를 찾아가는 길은 쉽지 않았습니다. school은 왜, '스쿨'이 아닌지? little은 무엇 때문에 '리틀'이 아닌지? global을 '글로벌'이라고 발음하면 왜 영어권 사람들은 알아듣지 못하는지? 13년 동안 매일 현지인 직원들 눈을 감기고 "아는 단어가 있으면 손을 들어 달라, 천천히 발음해 봐라, 내 발음 어디에 문제가 있느냐, 왜 너는 못 알아듣느냐"하며 영어에 매달려 왔습니다.

지난해 2014년 10월 9일 한글날, 한국에 다녀와서도 뭔가가 찾아지지 않은 듯한 발음 때문에 수도 없는 생각이 꼬리에 꼬리를 물었습니다. 2015년 제 사업장인 Motor Camp에서 마지막으로 찾아낸 발음이 -ss, -tt, -ff, -mm, -pp etc. 발음입니다. 이로서 발음 10계명을 깨끗이 정리 할 수가 있었습니다.

가수 이승철과 탈북 청년들이 함께 부른 아리랑을 유튜브에서 한번 들어 보시기를 권합니다. 대한민국 5천만 국민 누구나 부를 수 있는 '아리랑'을 가수는 과연 어떻게 부를까? 말의 북을 치고, 말의 장구를 치는 소리는 무엇으로 할까? 어디에서 어떻게 소리의 강약과 말의 장단을 주고 노래를 부를까? 바로 우리가 즐겨 부르는 '아리랑'에 영어권 사람 누구나 알아들을 수 있는 발음이 숨어 있습니다.

아리랑 아리랑 아라리요 아리랑 고개로 넘어간다. / 나를 버리고 가시는 님은 십 리도 못 가서 발병 난다. / 아리랑 아리랑 아라리요 아리랑 고개로 넘어간다. / 청천 하늘엔 잔별도 많고 우리네 가슴엔 수심도 많다. / 아리랑 아리랑 아라리요 아리랑 고개로 넘어간다.

아리랑을 노래로 부를 때 위와 같이 글자 그대로 부르는 사람은 대한민국에 한 사람도 없습니다. 그렇게 노래를 부르면 말의 북과 장구를 칠 자리가 없을 뿐만 아니라 노래의 감칠맛과 흥이 사라집니다.
아래 고딕 글자는 영어권 사람들이 말하는 것과 똑같은 발음으로 말의 악센트를 주거나 강약 또는 장단을 주면서 노래를 부르는 자리입니다. 토씨 하나 빠뜨리지 않고 천천히 부르면 original English sound 를 누구나 쉽게 터득하는 게 가능해집니다.

(한글) 아리랑 아리랑 아라리요
(새 한글 발음) 아-리이라아-ㅇ 아-리이라아-ㅇ 아-라아리이요오

(영어) A-li-lang a-li-lang a-la-li-yo

(한글) 아리랑 고개로 넘어간다.
(새 한글 발음) 아-리이라아-ㅇ고오개에로오 너어-ㅁ어 가아-ㄴ다아.
(영어) A-li-lang go-gae-lo num-a-gan-da

(한글) 나를 버리고 가시는 님은
(새 한글 발음) 나아르으-ㄹ 버어리이고오 가아시느으-ㄴ 니이-ㅁ으-ㄴ
(영어) Na-lel ba-li-go ga-si-nen nim-en

(한글) 십 리도 못가서 발병 난다.
(새 한글 발음) 시이-ㅂ리이도오 모오-ㅅ 가아서어 바아-ㄹ벼어-ㅇ 나아-ㄴ다아.
(영어) Sib-li-do moc-ga-seo bal-byung-nan-da

(한글) 아리랑 아리랑 아라리요
(새 한글 발음) 아-리이라아-ㅇ 아-리이라아-ㅇ 아라아리이요오
(영어) A-li-lang a-li-lang a-la-li-yo

(한글) 아리랑 고개를 넘어간다.
(새 한글 발음) 아-리이라아-ㅇ 고오개에로오 너어-ㅁ어 가아-ㄴ다아.
(영어) A-li-lang go-gae-lel num-a-gan-da

아리랑에는 받침이 들어가는 소리가 많습니다. 그런데 새 한글 발음에

는 하나도 받침이 없습니다. 받침은 소리글자의 대부, 한글에만 있는 소리입니다. 말의 강약과 소리의 장단을 주면서 노래로 부르는 '아-리-이-라-아-ㅇ'은 글자의 받침이 옆으로 빠지는 소리로, 스펠링 하나하나를 다 말하게 된 original English-sound라는 생각을 해야 합니다.
새 한글 발음표기를 보면서 '아-리-이-라-아-ㅇ'을 가수가 노래를 부르듯이 말의 북과 장구를 치면서 몇 번만 따라 부르면 original English sound를 들을 수 있는 귀가 저절로 열립니다. original English sound를 듣는 귀가 열리면 영어권 사람이 말하는 모든 소리를 제대로 들을 수 있고, 소리를 제대로만 들으면 누구나 말하는 입이 저절로 열리게 됩니다.

KBS2 TV '불후의 명곡-전설을 노래하다'에서 가수 소향이 부른 '홀로 아리랑'이라는 노래를 한번 더 들어보기 바랍니다. 가수 소향은 말의 북과 장구를 무엇으로, 어떻게, 어디에서, 신명 나게 치는지를 잘 듣고 한번 따라 부르면 좋습니다. 가장 중요한 것은 소리를 내는 입인데, 소향의 입 모양을 유심히 보고 새 한글 발음표기에 있는 그대로 직접 한번 불러 보기 바랍니다.

(한글) 저 멀리 동해 바다 외로운 섬
(새 한글 발음) 저어 머어-ㄹ리이 도오-ㅇ해에 바아다아 외에로오우-ㄴ 서어-ㅁ
(영어) Joa mual-li dong-hae-ba-da wea-ae-lo-un seom

(한글) 오늘도 거센 바람 불어오겠지

(새 한글 발음) 오- 느으-ㄹ도오 거어세에-ㄴ 바아라-ㅁ 부우-ㄹ어오
게에-ㅆ지이

(영어) O-nel-do gua-sen ba-lam

(한글) 조그만 얼굴로 바람맞으니
(새 한글 발음) 조오그으마아-ㄴ 어-ㄹ구우-ㄹ로오 바아라-ㅁ마아즈
으-니이
(영어) Jo-ge-man a-l-gu-wol-ro ba-lam ma-ze-ni

(한글) 독도야 간밤에 잘 잤느냐
(새 한글 발음) 도오-ㄱ도오야아 가아-ㄴ바아-ㅁ에 자아-ㄹ 자아-ㅆ느
으냐아
(영어) Dog-do-ya gan-bam-ae jal-jag-nen-nya

(한글) 아리랑 아리랑 홀로 아리랑
(새 한글 발음) 아-리이라아-ㅇ 아-리이라아-ㅇ 호오-ㄹ로오 아-리이
라아-ㅇ
(영어) A-li-lang A-li-lang hol-lo a-li-lang

(한글) 아리랑 고개를 넘어 가보자
(새 한글 발음) 아-리이라아-ㅇ 고오개에르-ㄹ 너어-ㅁ어- 가아보오자아
(영어) A-li-lang go-gae-lel naum-a ga-bo-ja

(한글) 가다가 힘들면 쉬어 가더라도

(새 한글 발음) 가아다아가아 히이-ㅁ드으-ㄹ며어-ㄴ 쉬이어 가아더어라
아도오

(영어) Ga-da-ga him-del-myun she-a ga-da-la-do

(한글) 손잡고 가보자 같이 가보자

(새 한글 발음) 소오-ㄴ 자아-ㅂ고오 가아보오자아 가아-ㅌ이 가아보오
자아

(영어) Son-jab-go ga-bo-ja gat-i ga-bo-ja

영어를 공용어로 사용하는 영국, 호주, 캐나다, 뉴질랜드 그리고 미국
사람은 노래 부르듯이 고딕 글자를 일일이 다 넣어서 발음합니다. 우
리는 노래 부를 때만 사용하고 평상시에는 사용하지 않아 영어권 사
람이 말하는 소리를 알아듣기도 어려울 뿐만 아니라 말하기는 더욱더
어렵습니다. 영어로 말을 주고받지 못하면 세계의 중심 테이블에는
한국 사람이 앉을 자리가 없을 가능성이 큽니다. 세계 어디를 가도 테
이블의 중심은 영어로 말을 주고받는 사람의 자리가 되고, 그렇지 못
한 사람은 늘 가장자리에서 서성거리게 될 것입니다.

반기문 UN 사무총장님이 영어로 말을 주고받지 못했다면 UN의 중심
테이블은 한국이 아닌 다른 나라로 갔을 것입니다. 고(故) 앙드레 김
선생님이 영어로 말을 주고받지 못했다면, 과연 세계적인 의상 디자
이너가 될 수 있었을까도 생각해 보아야만 합니다.

대한민국 사람 누구나 기본적인 영어로 말을 주고받는 세상을 열어
가야만 세계의 중심 테이블이 미래를 만들어 갈 우리 700만 학생들
쪽으로 옮겨질 가능성이 매우 높습니다.

Lecture
09

bus와 birth, 스펠링 달라 소리도 달라야

bus는 '버어스'로,
birth는 '버어-r쓰-'로
발음해라

.
.
.
.

09. bus와 birth, 스펠링 달라 소리도 달라야

— bus는 '버어스'로, birth는 '버어–r쓰–'로 발음해라

bus와 birth는 스펠링이 달라 당연히 소리도 달라야 합니다. 인터넷 포털 사이트 Daum에 들어가 '버스'라는 두 글자를 검색하면 아래와 같이 나옵니다. '버스'는 빨간색(이 책에서는 **굵은 고딕**으로 처리)으로 표시됩니다.

- 해피**버스**데이(happy birthday)
- 해피**버스**데이투유 악보(happy birthday to you 악보)
- **버스**타고(bus 타고)
- **버스**노선(bus 노선)
- **버스**예매(bus 예매)
- **버스**(bus)
- **버스**커버스커(Busker Busker 가수)
- **버스**피아(buspia 운송 그룹)

bus와 birth의 한글 표기가 똑같이 **버스**라고 발음하게 되어 있습니다. 과연 영어권 사람들도 둘 다 **버스**라고 똑같이 발음할까요?

영어권 사람들은 bus는 '버어스'로, birth는 '버어-r-쓰'로 발음합니다. 그들은 -r도 하나의 스펠링, 하나의 소리라고 생각해 꼭 발음합니다. '아-ㄹ' 소리가 한글에 없어서가 아니라, 표기하기가 어려워 새 한글 발음에서는 영어 스펠링이 있는 그대로 '-r'로 표기하고 있습니다.

Happy birthday to you에서 영어권 사람은 happy라는 단어에 5개의 소리가 들어 있다고 생각하고, 5개의 소리 '해에-ㅍ피이'를 다 만들어냅니다. 우리는 '해피'라는 2개의 소리로만 발음해도 다 알아듣지만, 영어권 사람들은 알아들을 수 없는 (h-p) 발음만 한 결과가 됩니다. 반드시 '헤에-ㅍ피이'라는 5개의 소리로 발음해야만 합니다.

영어	새 한글 발음
Happy birthday to you.	해에-ㅍ피이 버어-r쓰데에이 투우 유-우
Happy birthday to Young-jin	해에-ㅍ피이 버어-r쓰데에이 투우 여어-ㅇ 지이-ㄴ

만약 한글의 세계화가 현실이 되어 영어를 사용하는 영국, 미국, 호주, 캐나다, 뉴질랜드 그리고 영연방 모든 나라가 어려서부터 한글을 가르친다는 가정하에 우리 모두 한 번쯤은 이 문제를 깊이 생각해 봐야 합니다.

어쩌면 앞으로 영어권에서 한글학 박사 학위를 받는 사람들이 생길지도 모릅니다. 그런데 자기들 마음대로 학교와 TV 그리고 컴퓨터에서 반드시 받침이 있어야만 하는 한글을 받침 없이 가르치고 사용한다면 과연 기분이 좋을까요?

빨리빨리를 '빠리빠리'로, 안녕하세요를 '아녀하세요'로, 감사합니다를 '가사하니다'로, 사랑을 '사라'로, 아리랑을 '아리라'로, 몰라를 '모라'로 만들어 마치 한글인양 사전에 올려도 기분이 나쁘지 않을까요?

또한, TV와 컴퓨터에서 잘못된 한글을 사용하고 마치 자기 나라말처럼 방송국 앵커들이 그렇게 말하고 사용한다면 우리 기분이 어떨까요? 결코, 영어권 사람들을 좋게 보지 않을 것입니다.

이와는 반대로 130개의 소리만 사용하는 영어를 3,800개 소리를 다 사용해 우리끼리만 잘 통하는 영어로 만들어 쓰고 또 컴퓨터에 올린다면 영어권 사람들은 우리를 어떻게 생각할까요? 우리 모두 한 번쯤 생각해 보아야만 합니다.

영국이나 미국에서 사용하는 Mr. / Mrs. / Miss + family name은 아주 특별한 경우에만 사용합니다. 한국에서는 아랫사람이나 직원 또는 아가씨를 부를 때 하대나 반말로 '미스터 김', '미스 박', '어이 마담'이라고 부르고 있습니다. 내 나라말이 소중하면 당연히 남의 나라말도 소중히 여겨야 합니다. 내 처지가 아닌 남의 처지에서 생각하는 게 진정한 동방예의지국의 첫 번째라고 생각합니다.

'Happy birth day'를 우리 편한 대로 "해피 버스 데이"로 만들어 버스와 생일이 똑같은 발음으로 만들어 가서는 안 됩니다. 'bus'와 'birth'는 스펠링 자체가 달라 당연히 발음도 다르다는 생각을 가져야 합니다. 스펠링이 다르다는 것은 모든 소리가 다르다는 것을 뜻합니다.

Lecture
10

MBC TV '우리 결혼했어요'

Konglish로는
결코 영어 길을
만들어 갈 수 없다

.
.
.
.

10. MBC TV '우리 결혼했어요'
— Konglish로는 결코 영어 길을 만들어 갈 수 없다

2015년 6월 13일에 방송된 '우리 결혼했어요' 프로그램에 한글로 표기되어 나온 영어를 적어 보았습니다. 한국 사람끼리만 통하는 Korean-English를 줄여서 Konglish라고 말하는 이유가 무엇일까를 이 프로를 통해 한 번쯤 생각해 보았으면 좋겠습니다. Konglish로는 결코 길을 만들어 갈 수가 없습니다. 반드시 영어로 가야 합니다. 세종대왕께서 처음 글자를 만드실 때는 전 세계 소리글자의 가장 기본인 '호오-르로 아리아-ㅇ'을 먼저 만들고 후차적으로 받침이 있는 홀로 아리랑을 만들지 않았을까를 생각해 봅니다. 그러므로 영어는 받침이 없는 기본적인 소리만 사용하면 됩니다.

'시동생들과의 만남' 편

한글 표기	영어	새 한글 발음
커플링	couple ring	커어-ㅍ으-ㄹ 뤼이-ㅇ, 또는 커어ㅍ으-ㄹ 뤼이-ㅇ
스킨 십	skin ship	스키이-ㄴ 쉬-이-ㅍ

ki-sound는 ㅋ-sound가 됩니다. ci-sound가 영어권에서는 씨이-sound로 발음되기 때문에 ki-sound와 발음상 혼돈이 없습니다. 영어권에서는 ki-sound는 ㄲ-sound로 발음하지 않습니다.

한글 표기	영어	새 한글 발음
메이킹 콜	making call	메이-ㅋ이-ㅇ 코오-ㄹ, 또는 메이키이-ㅇ 코오-ㄹ
스메싱	smashing	스-ㅁ에쉬-이-ㅇ, 또는 스메에-쉬-이-ㅇ
콘서트 합주	concert	코오-ㄴ 써어-rㅌ
뮤지션의 모습	musician	뮤우지이셔어-ㄴ
씨엔 블루의 라이브 연주	live	라이-ㅃ으, 또는 라이쁘으

v는 ㅃ-sound로, b는 ㅂ-sound로 발음해야 합니다.

한글 표기	영어	새 한글 발음
섹시하다고 느끼잖아요	sexy	쎄에-ㅋ씨이
눈빛 사인	sign	싸이-ㄴ
나는 기타를 친다	guitar	귀-이타아-r
남편 콘서트 응원	concert	코오-ㄴ 써어-rㅌ
패밀리 콘서트	family concert	뾔에-ㅁ이-ㄹ이 코오-ㄴ 써어-rㅌ, 또는 뾔에미이리이 코오-ㄴ 써어-rㅌ
충전 배터리	battery	베에-ㅌ터어-r이, 또는 베에-ㅌ터어뤼이
미션의 취향	mission	미이-ㅅ셔어-ㄴ
에너지 충전 완료	energy	에-ㄴ어-r쥐이, 또는 에너어-r쥐이

'애교 배우기' 편

한글 표기	영어	새 한글 발음
애교 호르몬 대 방출	hormone	호오-r모오-ㄴ
스튜디오 환영	studio	스-ㅌ우-ㄷ이오,
		또는 스튜우디이오
리액션 최고	reaction	뤼이에-ㅋ셔어-ㄴ
꿀 잼	jam	제에-ㅁ
아이디어 속출	idea	아이-ㄷ이어, 또는 아니디이어
렛츠고	Let's go	레에-ㅌ즈 고오
흥 게이지	gage	게이쥐이
스푼 쓰지	spoon	스-ㅍ우-ㄴ, 또는 스프우-ㄴ
이벤트 센스쟁이	event	이-ㅃ에-ㄴ트, 또는 이뻬에-ㄴ트
	sense	쎄에-ㄴ스으
어벤저스들이 온다	avengers	어-ㅃ에-ㄴ쥐어-r스,
		또는 어뻬에-ㄴ쥐어-r스
라운드 오 마이 갓	round Oh, my God	롸아우-ㄴ 드 오-, 마이 가아-ㅌ
비주얼 제2 라운드	visual	쀠이즈우어-ㄹ
	round	롸아우-ㄴ 드
스파이시 헐크반	spicy hulk	스파이씨이 허어-ㄹ크
앙코르 요청	encore	에-ㄴ코오-r
케이크 선물 센스 짱	cake	케이크으
	sense	쎄에-ㄴ스 또는 쎄에-ㄴ스으
게임하러 가자	game	게에이-ㅁ
커플 톡이에요	couple talk	커어-ㅍ으-ㄹ 토오-ㄹ크,
		또는 커어프으-ㄹ 토오-ㄹ크
쓰리 포 발사 진 팀 벌칙 받기	three four	쓰-뤼이- 뽀오-r
	team	티이-ㅁ

치어리더로 변신 게임 스코어	cheer leader game score	취-이어-r 리이-더어-r 게에이-ㅁ 스코오어-r
피프틴 앤드 에릭 남의 친구들	fifteen and Eric Nam	쀠이-ㅃ티이-ㄴ 에-ㄴ 드 에뤼 이-ㅋ 나아-ㅁ
허그 스텝 크레이지 엉덩이 댄스	hug step crazy dance	허어그 스테에-ㅍ 크뤠이지이 데에-ㄴ 스

'시암리의 마지막 밤' 편

한글 표기	영어	새 한글 발음
댄스 머신으로 마무리	dance machine	데에-ㄴ 스 머어쉬이-ㄴ
미션 카드와 함께	mission card	미이-ㅅ셔어-ㄴ 카아-r 드
앨범 터키 신혼여행	album Turkey	에-ㄹ버어-ㅁ 터어-r키이-
레벨 업 되었다	level up	레에-ㅃ에-ㄹ 어-ㅍ, 또는 레에쀄에-ㄹ 어-ㅍ
달걀은 보너스	bonus	보오-ㄴ어스, 또는 보오너어스
제주도로 바이크 여행	bike	바이-ㅋ으, 또는 바이크으
다이어트를 위한 삼겹살	diet	다이어-ㅌ, 또는 다이어트
갈릭 스테이크	garlic steak	가아-ㄹ리이-ㅋ 스테이-ㅋ으, 또는 가아-ㄹ리이크으 스테이크으
퀴즈인가	quiz	퀴-이-즈
색소폰 불고	saxophone	쎄에-ㅋ쓰-뿌오-ㄴ
기타도 쳤고	guitar	귀-이타아-r
송미 댄스 MBC 스포츠 플러스	dance	데에-ㄴ스,
깜짝 이벤트	MBC Sports Plus	또는 데에-ㄴ스으 MBC 스포오-r츠 프-ㄹ러어스,

124

베스트 커플상	best couple	베에스트 커어-ㅍ으-ㄹ-, 또는 베에스트 커어프으-ㄹ-
셀카 찍고 SNS에 올려	self camera	쎄-에-ㄹ쁘카아-ㅁ-에-ㅓ아, 또는 쎄에-ㄹ쁘 카아메에롸아
SNS에 업 로드중	up load	어-ㅍ 로오-드
재혼 콘셉트는	concept	커어-ㄴ쎄에-ㅍ트
마지막 러브 샷	love shot	러어-뽀으 셔-어-ㅌ, 또는 러어쁘으 샤-ㅌ
레드 벨벳 본격	red velvet	뤠에드 뾔에-ㄹ뾔에-ㅌ
심쿵 로맨스	romance	로오-ㅁ에-ㄴ 스, 또는 뤄오메에-ㄴ스으
소림 커플 사랑해 주셔서	couple	커어-ㅍ으-ㄹ, 또는 커어프으-ㄹ

KBS, MBC, World TV에 나오는 광고, 단어, 한글 자막은 한국 사람끼리는 통하지만, 영어권 사람들이 알아듣기는 매우 어려운 한글만의 소리라는 점을 명심해야 합니다.

Lecture
11

MBC 9시 뉴스 데스크

한글화된 영어 표기,
영어권 사람
거의 이해 못 한다

11. MBC 9시 뉴스 데스크
— 한글화된 영어 표기, 영어권 사람 거의 이해 못 한다

KBS, MBC, SBS 등 공중파 방송이나 인터넷에 나오는 한글화된 영어를 영어권 사람이나 외국 사람들은 어떻게 받아들일까요?

한국 사람이 한 명도 없는 뉴질랜드 최남단 산골에서 13년 동안 살면서 제가 자주 본 프로그램 가운데 하나가 MBC 9시 뉴스 데스크였습니다. 앵커의 말, 자막, 광고, 연속극 제목을 통해 봇물 터지듯 쏟아지는 영어들이 한글로 둔갑하여 화면을 스쳐 갔습니다. 2014년 12월 어느 날 밤, 한 시간 동안 MBC TV 화면에 나온 단어는 다음과 같습니다.

MBC 9시 뉴스 데스크 / 시원 스쿨 / 킬미 힐미 / 글로벌 / 홈 / 오스템 임플란트 / 헝그리 앱 / 커큐민 / 원톱 투톱 / 앨버트로스 / 골드 / 체인지 업 / 프라이팬 / 카카오톡 / 해피 콜 / 창업 캠퍼스 / 인천 글로벌 캠퍼스 / SK 텔레콤 / 타이핑 / 헤드라인 / 방송 콘텐츠 / 홈피 / 방송 서비스 / 아파트 / 성장 클리닉 / 180미터 / 코스피 / 코스닥 / 갤럭시 / 테러 / 아동 발달 센터 팀장 / 스마트 / 멤버 / 뉴스 플러스 / 알바 댓글 / 골프 / 밀크 / 성호르몬 / 온라

인/마케팅/레이스 북/3D 프린터/커뮤니티/프로젝트/코드/디자인/
홈페이지/스모그/백신/캠페인/MBC 스포츠 뉴스/소녀 팬/팀 합류/
팬 미팅/얼짱 가드/코트 새바람/현대자동차 그룹/콘덴싱 보일러/게
임/쿠쿠 등.(위 화면에 나온 글자는 영어의 소리가 아닌 한글만의 소
리입니다.)

우리가 영어권 사람이나 외국 사람에게 말하면 얼마나 많은 사람이
알아들을 수 있을까요?
영어에서 자주 사용하는 쉬운 단어인데도 영어권 사람이나 외국 사람
은 거의 알아듣지 못합니다.
이 단어들은 영국이나 영연방 사람, 미국 사람이나 영어를 공용어로
사용하는 외국 사람은 쉽게 알아들을 수 없는 아주 고차원적인 한글
의 소리로 표기되어 있었습니다. 위에 나오는 단어들은 받침을 사용
하는 한국 사람끼리만 통할 수 있습니다.
'아니, 지금 무슨 말을 하고 있느냐'고 반문할 수 있습니다. 'MBC,
KBS, SBS와 각종 공중파 방송에 나오는 단어들은 한국 사람끼리만
이해되면 되는 거 아닌가요?'하는 질문을 할 수 있습니다. '외국 사람
들은 한국 방송 안 봐요. 지금 무슨 말을 하는지…'라고 생각할 사람
이 있을 것 같아 미리 밝히고 넘어가려고 합니다.
앞으로 20년 후 미래는 한국 사람 누구나 영어로 기본적인 말을 주고
받을 수 있어야만 살아가는 세상이 올 것입니다. KBS, MBC, SBS 그
리고 각종 공중파 방송과 인터넷 매체는 대한민국 미래를 열어가야
할 지금의 어린아이들과 700만 학생들이 보는 방송입니다.
방송에 나오는 한글화된 Korean English-sound를 반복해서 듣다 보

면 영어권 사람이나 외국 사람이 아무리 다르게 말을 해도 이미 방송에서 나온 발음에 아이들과 학생들의 귀가 완전히 세뇌되어 그 어떤 쉬운 단어도 도무지 알아들을 수 없는 심각한 상태가 될 가능성이 큽니다.

MBC 9시 뉴스 데스크에 한 시간 동안 나온 영어를 받침이 없는 한글 소리 190개만 사용해 정리해 보았습니다.

:: MBC 9시 News Desk: 엠비씨 9시 뉴스 데스크일까요, 아닐까요?

(새 한글 발음 표기) 에-ㅁ 비이 씨이 9시 뉴으-스 데에스크, 또는 에-ㅁ 비이 씨이 9시 뉴으우스 데에스크

spy는 세 스펠링 모두 자음으로 되어 있습니다. 3개의 자음에 모두 모음이 따라 다니는 '스파이'로 소리를 냅니다. 그게 바로 original English-sound입니다. 자음에 모음이 따라붙어 다니는 소리가 영어권 사람들의 소리입니다.

'뉴스'라고 말하면 'n-s'만 소리를 낸 셈입니다. n다음에 스펠링 e가 온다는 것을 '으' 소리로 먼저 알려 주어야 합니다. e다음에 a가 온다는 것도 '으'를 한 박자 길게 말하면 좋습니다. '뉴으-스'나 '뉴'에 '으'를 바짝 붙여서 하나의 소리처럼 만들고 우 'w'가 온다는 것을 짐작하게 해야 합니다.

News Desk에서 desk를 '데스크'라고만 발음하면 가장 중요한 e 소리가 사라진 'dsk' 발음이 됩니다. 이런 단어는 영영사전에 없습니다. 반드시 'desk'에서 e-sound를 말해야만 됩니다.

:: 시원 School : 시원 스쿨일까요, 아닐까요?

(새 한글 발음 표기) 스크우-ㄹ

스쿨에서 '쿨'은 받침이 들어가는 한글소리입니다. 영어권 사람들은 어려서부터 받침이 있는 소리를 들어 본 적이 없습니다. 그들의 글자에는 없는 소리요, 그들의 글자로는 만들어질 수 없는 생소한 소리입니다. MBC TV에 광고로 나왔던 시원 스쿨 닷컴의 발음은 영어권 사람들의 소리가 될 수 없는 시원 스쿨만의 소리입니다.

시원 스쿨의 기초 영어단어에 표기한 발음은 original English-sound가 되기도 어려울 뿐 아니라 전 세계에서 가장 완벽한 소리글자인 한글 표기로도 이해하기가 어려운, 어떻게 말로 설명하기가 힘든 소리에 불과합니다.

▷ '시원 스쿨 기초 영어단어 표기'

bend '벤 ㄷ', jump '점 ㅍ', mold '몰 ㄷ', hold '홀 ㄷ', move '무 ㅂ', understand '언더스탠 ㄷ' 등.

시원 스쿨에서 사용하는 단어의 발음표기가 original English-sound에 있을까를 수도 없이 생각해 보았습니다. 자음 다음에 또 자음이 이어지는 이 한글 소리를 어떻게 발음할 수 있는지, 과연 미국 사람이 '벤 디근', '점 피읖', '몰 디근', '홀 디근', '무 비읍'. '언더스탠 디근'이라고 발음한다는 것인지 이해할 수 없는 시원 스쿨 닷컴만의 표기입니다.

:: kill me heal me: 킬미 힐미일까요, 아닐까요?

(새 한글 발음 표기) 키이—ㄹ 미이 히이—ㄹ 미이

'킬'과 '힐'은 아주 고차원적인 한글만의 소리로, 영어권에는 있을 수 없습니다. 영어권 사람들의 소리는 키 'k' 다음에 이 'i'라는 스펠링이 온다는 것을 상대방에게 확실하게 알려 주어야만 kill이라는 단어를 머릿속에 연상할 수 있습니다.

heal 역시 히 'h' 다음에 이 'e'라는 스펠링이 있다는 것을 반드시 소리로 말해 주어야만 heal이라는 단어를 머리에서 금방 떠올릴 수 있습니다. '히이' 다음에는 'a'라는 스펠링이 또 오기 때문에 말을 '이-ㄹ'이라고 한 스펠링만큼 길게 끌어가는 것이 중요합니다.

:: global: 글로벌일까요, 아닐까요?

(새 한글 발음 표기) 그-ㄹ오-ㅂ어-ㄹ, 또는 그로오버어-ㄹ

공중파 방송에 나오는 단어는 일상생활에서 자주 사용하는 것들입니다. 따라서 정확하게 발음해야 합니다. global을 '글로벌'이라고 말하면 이 소리도 소리의 3차원을 넘어서는 한글만이 가지고 있는 Korean-sound가 됩니다. 글로벌이라는 소리는 전 세계 어떤 나라, 어떤 글자에도 없는 한글만의 소리입니다. global에서 'o'에 악센트를 주는 이유는, gl-다음에 o-라는 스펠링이 따라온다는 것을 상대방에게 알려주기 위해서입니다.

:: home: 홈일까요, 아닐까요?

(새 한글 발음 표기) 호오-ㅁ

영어권 사람들이 말하는 호오-ㅁ 'home'은 집이라는 건물과는 전혀 다른 뜻으로, 가족이 오손도손 살아가는 따뜻한 공간을 뜻합니다. '사랑방'에 가장 가까운 단어로, 가족 간의 사랑이 숨 쉬는 공간입니다. 눈 감고도 찾아갈 수 있는 곳이라 영어권 사람들은 방향을 가리키는 '전치사' to를 사용하지 않습니다. home이라는 공간을 더 좋게 만들기 위해 지은 건물을 집 'house'라고 합니다.

school은 선생님이 나를 반겨주고, 내 친구가 같이 놀아 주고, 친구와 함께 공부하는 따뜻한 공간을 말하는 단어입니다. 이 school이라는 공간을 더 좋게 만들기 위해 건물을 지었다면 반드시 school building '학교'라고 해야만 됩니다.

우리 모두 한 번쯤 깊이 생각해 보아야 하는 중요한 단어들입니다. 혹시라도 사랑이라는 따뜻한 공간이 사라진 상태에서 우리 아이들을 집 (house)에서 먹이고 재우고, 학교(school building)라는 건물에 보내는 것은 아닌지 말입니다. 벽돌이나 시멘트로 만든 그럴싸한 건물이 중요한 게 아니라 사랑이 살아 숨 쉬는 따뜻한 공간이 그 어떤 것보다 더 중요하지 않을까요?

:: Osstem implant: 오스템 임플란트일까요, 아닐까요?

(새 한글 발음 표기) 오-ㅅ스테에-ㅁ 이-ㅁ프-ㄹ아-ㄴ트, 또는 '오-ㅅ스테에-ㅁ 이-ㅁ프라아-ㄴ트

'오-ㅅ스테에-ㅁ 이-ㅁ프-ㄹ아-ㄴ트'와 '오스템 임플란트'는 전혀 다른 소리입니다. '오-ㅅ스테에-ㅁ 이-ㅁ프라아-ㄴ트'는 130개의 소리로만 말하는 original English-sound이며, 임플란트는 3,800개의 소리를 다 사용해서 말하는 Korean-sound입니다.

:: Hungry app: 헝그리 앱일까요, 아닐까요?

(새 한글 발음 표기) 허어-ㄴ그-r이 에-ㅍ, 또는 허어-ㄴ그뤼이 에-ㅍ프

생각을 바꾸면 모든 게 쉬워집니다. 영어는 말하는 당사자 I와 말을 듣는 you가 서로 말을 주고받는 것입니다. 말을 하는 순간에는 I가 되

고 말을 들을 때는 you가 되는 상태를 반복합니다. he/ she/ it/ we/ they는 말하는 대상이 됩니다.

:: Curcumin: 커큐민일까요, 아닐까요?

(새 한글 발음 표기) 커어-r큐우미이-ㄴ

Cu 다음에 r이 있다는 것을 꼭 소리로 말해 주어야 합니다. 영어에서는 아-ㄹ '-r' 소리를 상대방이 확실하게 알아들을 수 있도록 말하는 게 중요하며, '아-ㄹ' 소리를 내야만 상대방이 쉽게 -r 단어를 머릿속에서 연상한다는 생각을 가져야 합니다. 영어권 사람들이 들었을 때 '-r' 소리가 빠지면 스펠링 하나가 머리에서 사라져 영영사전에서는 영원히 찾을 수 없는 단어가 됩니다. 아무리 머릿속에서 단어를 연상하려고 해도 도무지 찾을 수 없으므로 r-sound를 반드시 상대방이 알아듣도록 말해야 합니다.

:: one top two top: 원톱 투톱일까요, 아닐까요?

(새 한글 발음 표기) 워어-ㄴ 토오-ㅍ 투-우 토오-ㅍ, 또는 와아-ㄴ 토오-ㅍ 두-우 토오-ㅍ

불완전한 소리글자 영어에 자주 나오는 단어입니다. 글자는 one으로 쓰고, 소리는 스펠링 n과 e를 바꾸어 '워어-ㄴ'나 '와아-ㄴ'으로 내야 합니다.

:: Albatross: 앨버트로스일까요, 아닐까요?

(새 한글 발음 표기) 에-ㄹ바아-ㅌ로오-ㅅ스, 또는 아-ㄹ바아트뤄어-ㅅ스

영어에서 l-sound는 루-루-루- 소리(lu-lu-lu-sound)입니다. 그러

나 r-sound는 롸- 또는 뤄-소리(ruah-roar-sound)로, 루-소리와는
전혀 다른 소리입니다. 글자가 다르면 소리도 다르게 됩니다. l과 r은
다른 글자요, 다른 소리라는 생각을 가져야 합니다.

:: gold: 골드일까요, 아닐까요?

(새 한글 발음 표기) **고오-ㄹ 드**

골드는 한글로만 만들 수 있는 소리입니다. '골'이라는 글자는 영어
의 소리로 만들어질 수 없습니다. g다음에 반드시 o가 온다는 것을 상
대방이 알아들을 수 있도록 o발음을 확실하게 해야 합니다.

:: change up: 체인지 업일까요, 아닐까요?

(새 한글 발음 표기) **췌-에-ㄴ 지이 어-ㅍ**

영어는 상대방이 들었을 때 모든 스펠링을 다 알아들을 수 있도록 어
려서부터 또박또박, 소리를 내서 연습하는 게 중요합니다. 적당히 따
라 하고, 적당히 말하고, 대충대충 혀를 외국 사람처럼 굴려서 하면
안 됩니다. 그러면 남들에게 영어를 잘하는 것처럼 보이지만, 그것은
하나도 중요하지 않습니다.

반기문 UN 사무총장님 발음은 한국 토종식 발음이어도 영어권 사람
누구나 알아들을 수 있도록 또박또박 스펠링 하나하나를 다 발음하는
소리입니다.

:: fry pan: 프라이펜일까요, 아닐까요?

(새 한글 발음 표기) **쁘롸이-ㅍ에-ㄴ, 또는 쁘롸이 페에-ㄴ**

영어권에서 f-sound는 매우 중요한 발음입니다. 일상 대화에 자주 나

오는 수많은 단어가 f-sound에 있습니다. 불완전한 소리글자 영어에서는 f-sound와 p-sound를 반드시 다른 소리로 구별해서 말을 해야만 합니다. 영어권에서는 'ㅃ'이라는 스펠링이 없어, 말하는 사람마다 조금씩 다르게 말할 수밖에 없습니다. 그러나 완벽한 소리글자 한글을 사용하는 우리는 아주 쉽게 f-sound와 p-sound를 'ㅃ'과 'ㅍ'으로 구별해서 말할 수 있습니다.

f 발음은 'ㅃ-소리'로, p 발음은 'ㅍ-소리'로 말하면 발음상 혼돈을 피해갈 수 있습니다. 영어권 사람들이 말하기 힘든 f-sound를 우리가 쉽게 말한다는 것은 대한민국 사람 누구나 영어를 어떤 나라, 어떤 사람보다 더 잘할 수 있다는 말과 같은 의미입니다.

fry pan을 '프라이펜' 처럼 'ㅍ'-소리로 말하면 영어권 사람들은 이미 들은 대로 'ply- pen이나 pry-pen'이라는 단어를 연상하는데 그런 단어는 영영사전에는 없습니다. 영어권에서 f와 p를 확실하게 'ㅃ'으로 구별해서 사용하는 사람은 앵커들처럼 말을 잘하는 직업에 종사하는 사람들입니다. f는 한글의 'ㅃ'-소리라는 생각을 하면 됩니다.

:: Kakao talk: 카카오 톡일까요, 아닐까요?

(새 한글 발음 표기) 까- 까-오 토오-ㄹ크, 또는 까아까아오 토오-ㄹ크

영국, 미국, 호주, 캐나다, 뉴질랜드처럼 영어를 공용어로 사용하는 나라 사람들의 발음은 '까아까아오 토오-ㄹ크' 입니다. 앞에서 설명했듯이 똑같은 노랑머리의 외국인이라도 유럽 사람들은 '까까오 토-ㄹ크' 라고 발음합니다.

한국식 Korean English-sound의 대표적인 경우로 우리가 아무리 '카카오 톡'이라고 말해도 영어권 사람들은 cacao로 알아듣습니다. Kakao talk이라고 써주면 영어권 사람들은 'ㄲ'-소리를 사용합니다. ca-로 시작하는 단어에서 'ㅋ'-소리를 사용하기 때문에 단어의 발음상 혼돈을 피하려고 ka-로 시작하는 단어는 한글의 'ㄲ'-소리를 사용합니다.

ca-로 시작하는 ㅋ-소리

단어	새 한글 발음
cable	케이-ㅂ으-ㄹ, 또는 케이브으-ㄹ
cacao	카-카-오, 또는 카아카아오
cage	케이-쥐, 또는 케이쥐이
cake	케이-ㅋ으, 또는 케이크으
calendar	카아-ㄹ에-ㄴ다아-r, 또는 카아레에-ㄴ다아-r
call	코오-ㄹ-
camera	카아-ㅁ에롸아, 또는 카아메에롸아
camp	케에-ㅁ프
campaign	케에-ㅁ페에이-ㄴ
candle	케에-ㄴ드으-ㄹ
cap	케에-ㅍ
capital	케에-ㅍ이타아-ㄹ, 또는 케에피이타아-ㄹ
carbon	카아-r 보오-ㄴ
career	케에-r이어-r, 또는 케에뤼이어-r
carry	케에-r뤼-이
cartridge	케에-r트뤼이-ㄷ-쥐, 또는 카아-r 트뤼이-ㄷ쥐이
casual	케에주우어-ㄹ
catch	케에-ㅌ취-
catholic	케에-ㅌ-오리이-ㅋ, 또는 케에-토오리이-ㅋ
cause	코오우즈으

ca-로 시작하는 단어는 ka-와 발음상 혼돈이 올 가능성이 있습니다. ca-mera와 똑같은 단어 ka-mera를 만들지 않았습니다. 일상 대화에서 사용하는 단어는 이미 'ca'-sound에서 만들었으므로 발음상 혼돈이 있을 수 있는 'ka'-sound에서 똑같은 단어를 하나도 찾아볼 수 없습니다. 'ka'-sound는 영어에 없는 글자로, ca-로 시작하는 단어와의 혼돈을 피하려고 한글의 'ㄲ'-소리를 빌려서 사용합니다.

ka로 시작하는 'ㄲ'-소리

단어	새 한글 발음
kangaroo	께에-ㅇ거어뤄우-
karaoke	까아-rㅏ오-ㅋ에, 또는 까아롸아오께에
karate	까아-rㅏ-ㅌ에, 또는 까아롸아테에
Kauri	까-우-r-이, 또는 까아우뤼이
kayak	까-야아-ㅋ, 또는 까아야아-ㅋ

:: happy call: 해피 콜일까요, 아닐까요?

(새 한글 발음 표기) 해에-ㅍ피이 코오-ㄹ

우리가 '해피 콜'이라고 발음하면 말의 속도가 매우 빠른 Korean-sound로 느껴집니다. 말이 빠르면 모든 게 빨라지고 마음이 조급해질 가능성이 큽니다. '해피'라고 발음하면 'h p'만 소리를 낸 결과가 됩니다. happy는 p 두 개가 겹치므로, 반드시 헤에-ㅍ 'hap-'다음에 피이 '-py'라고 말해야만 합니다.

:: 창업 campus: 창업 캠퍼스일까요, 아닐까요?

(새 한글 발음 표기) 케에-ㅁ퍼어스

cam-을 '캠'이라는 한 글자로 말하면 a-발음이 사라집니다. 반드시 c 다음에 a가 온다는 것을 알려주어야 합니다. '케에-ㅁ'에 악센트를 주면 상대방이 단어를 쉽게 연상할 수 있습니다.

:: 인천 global campus: 인천 글로벌 캠퍼스일까요, 아닐까요?

(새 한글 발음 표기) 그-ㄹ오-ㅂ어-ㄹ 케에-ㅁ퍼어스, 또는 그로오버어-ㄹ 케에-ㅁ퍼어스

글로벌 캠퍼스는 받침이 많이 들어가는 단어로 Korean English-sound로 생각해야 합니다.

:: SK Telecom: 에스케이 텔레콤일까요, 아닐까요?

(새 한글 발음 표기) 에스케이 테에-ㄹ에-ㅋ오-ㅁ, 또는 '에스케이 테에레에코오-ㅁ

텔레콤이라는 세 글자와 '테에-ㄹ에-코오-ㅁ'은 전혀 다른 소리입니다. original English-sound는 스펠링 하나하나를 다 말해야 하므로 그만큼 말을 잘하기가 쉽지 않습니다.

영어 단어를 말할 때 스펠링 하나하나를 다 듣기가 힘듭니다. 그래서 영어권에서는 매일 만나는 사람끼리도 잘 이해가 안 되는 경우, 자주 pardon을 사용합니다. 둘이서 말하고 있을 때는 반드시 상대방 말이 끝날 때까지 기다려야 합니다. 말하고 있는 중간에 불쑥 끼어드는 것은 큰 실례입니다. 영어권 사람들은 말은 I와 you만 할 수 있다고 생각합니다.

:: typing: 타이핑일까요, 아닐까요?

(새 한글 발음 표기) 타이-ㅍ이-ㅇ, 또는 타이피이-ㅇ

우리처럼 말을 재미있게 주고받으면서 사는 나라가 세상에 몇 나라나
될까요? ping pong을 핑퐁이라고 말하는 것은 언어의 마술입니다. 어
떤 나라, 어떤 사람도 그렇게 소리를 내기는 어렵습니다. 영어권 사람
들은 '피이-ㅇ 포오-ㅇ'이라고 말합니다.

:: Head line news: 헤드라인 뉴스일까요, 아닐까요?

(새 한글 발음 표기) 헤에——ㄷ 라이——ㄴ 뉴으-스, 또는 헤에-드 라이-ㄴ 뉴으
우스

head를 '헤드'라고 발음하면 'ʰ d' 발음만 말한 것처럼 들립니다. h
다음에 반드시 e-가 온다는 것을 말해주어야 합니다. 그리고 e-다음
에 a-가 또 따라온다는 것을 헤에- 'he-'에서 한 박자 길게 가져가는
장단을 주는 식으로 해서 알려주어야 합니다.

:: 방송 contents: 방송 콘텐츠일까요, 아닐까요?

(새 한글 발음 표기) 코오-ㄴ테에-ㄴ 츠, 또는 코오-ㄴ테에-ㄴ트스

contents에서 co-로 시작하는 소리는 한글의 'ㅋ'-소리입니다. 영국
은 발음상의 혼돈이 올 수 있는 co-(코)로 시작하는 co-ntents는 ko-
(꼬)로 시작하는 ko-ntents와 같은 단어를 하나도 만들지 않았습니다.

co로 시작하는 '크'-소리

단어	새 한글 발음
coach	코오-취-
coal	코오-ㄹ
coast	코오-스트
coat	코오-트
coil	코-이-ㄹ, 또는 코오이-ㄹ
cold	코오-ㄹ 드
collect	커어-ㄹ레에-크트
colour	커어러어-r
combination	커어-ㅁ-비이-ㄴ에이셔-ㄴ, 또는 커어-ㅁ비이네이셔어-ㄴ
common	커어-ㅁ모오-ㄴ
communicate	커-ㅁ 뮤우-ㄴ이케이-ㅌ으, 또는 커어-ㅁ뮤우니이케이트으
community	커어-ㅁ뮤우-ㄴ이-ㅌ, 또는 커어-ㅁ 뮤우니이티이
computer	커어-ㅁ 퓨우-ㅌ어-r, 또는 커어-ㅁ 퓨우터어-r
cone	코오-ㄴ
confuse	커어-ㄴ쀼우즈으
consider	커어-ㄴ씨이더어-r
continue	커어-ㄴ티이뉴-으
control	커어-ㄴ 트-r-오-ㄹ, 또는 커어-ㄴ트뤄오-ㄹ
convention	커어-ㄴ쀄에-ㄴ 셔에-ㄴ
cop	코오-ㅍ
copy	카아피이, 또는 커어피이
correct	코오-r 뤠에-크트
cosmetic	코오스메에티이-크
cottage	코오-ㅌ테이쮜이
couch	코오우취-

court	코오-r-트, 또는 코오우-r트
cube	큐우브으
current	커어-r 뤠에-ㄴ트
curry	커어-r 뤼이
cut	커어-트, 또는 커어-ㅌ

일상생활에서 사용하는 모든 단어는 이미 'co-' sound(코)로 만들었으므로, 발음상 혼돈이 올 수 있는 'ko'-sound(꼬)에서는 'co'-sound 와 똑같은 단어를 하나도 만들지 않았습니다. co-로 시작하는 소리와 ko-로 시작하는 소리의 혼돈을 피하려고 영국은 한글의 소리 'ㄲ'-소리를 'ko'-sound(꼬)에 사용했습니다.

ko로 시작하는 'ㄲ'-소리

단어	새 한글 발음
koala	꼬오아-ㄹ아, 또는 꼬오아라아
Korean	꼬-r이어-ㄴ, 또는 꼬오뤼이어-ㄴ

아무리 우리가 '코리아'라고 말해도 Korea라고 글자로 써주면 영어권 사람들은 'ㄲ'-소리이므로 '꼬오-r이아' 또는 '꼬오뤼이아'이라고 발음합니다. 만약에 Corea라고 글자로 써주면 당연히 co-는 'ㅋ'-소리이므로, '코오-r이아' 또는 '코오뤼이아'라고 말합니다.

 original English-sound를 사용하는 English, American, Australian, Canadian, New Zealander와 영어를 공용어로 사용하는 사람들에게 Korea, Korean을 글자로 써주면 발음 기호가 있는 미국계는 '꼬오-r

이아' 나 '꼬오-r이어-ㄴ'이라 말하고, 발음 기호가 없이 영어 스펠링 있는 그대로 발음하는 영국이나 영연방 사람들은 '꼬오뤠에아' 나 '꼬 오뤠에아-ㄴ'으로 발음합니다.

그러나 Italian, French, German, Spanish 같은 유럽 사람들은 Korea, Korean을 글자로 써주면 '꼬뤠아' 나 '꼬뤠어-ㄴ'으로 줄여서 발음합니다.

:: Homepee(home page): 홈피일까요, 아닐까요?

(새 한글 발음 표기) 호오-ㅁ피-이

Home page의 약어, homepee는 스펠링이 7개로 되어 있습니다. 한국에 사는 외국 사람에게 어느 나라에서 왔는지를 물어본 후에 홈피라는 발음을 한번 시켜보세요. 우리가 홈피라고 발음하면, 그들이 금방 homepee라는 단어를 받아 적을 수 있는지 테스트해보세요.

유럽에서 온 사람이라면 몇 사람 정도는 받아 적을 수 있겠지만, 영국이나 영연방 또는 미국에서 온 사람은 단어 연상 자체가 불가능해 받아 적을 수가 없습니다. 그들은 homepee라는 단어에 7개의 소리가 있다고 생각해 말의 장단을 주고 말하며, 유럽 사람들은 4개의 소리만 있다고 생각해 장단이 사라진 말을 하고, 한국 사람은 2개의 소리만 있다고 생각해 받침을 사용해서 말합니다.

:: 방송 service: 방송 서비스일까요, 아닐까요?

(새 한글 발음 표기) 써어-r-ㅃ이스, 또는 써어-r쀠이스

영어의 service를 써비스라고 발음을 하면 'r'-sound가 아예 사라집니다. 써비스라고 말하면 'seobice'에 가장 가까운 발음으로 들립니

다. service는 영어에서 자주 사용하는 단어입니다.

:: apart : 아파트일까요, 아닐까요?

(새 한글 발음 표기) 아ㅡㅍ아ㅡrㅌ, 또는 아파아ㅡrㅌ

이 단어도 'r'-sound를 반드시 소리로 만들어야 합니다. l-sound '라-소리'와 r-sound '롸 뤄-소리'는 전혀 다른 소리입니다. 'r'-sound가 들어가는 단어의 소리와 들어가지 않는 단어의 소리 역시 완전히 다른 발음입니다.

:: 성장 clinic: 성장 클리닉일까요, 아닐까요?

(새 한글 발음 표기) ㅋ-ㄹ이-ㄴ이-ㅋ, 또는 크리이니이-ㅋ

l-sound는 '루루루루'로, cl- 다음에 i-sound가 있다는 것을 확실하게 말해주어야 합니다. '클'과 '닉'은 한글만의 소리로 소리글자를 사용하는 전 세계 사람들이 알아듣기 매우 어려운 고차원적인 발음입니다.

:: 180 meter: 180 미터일까요, 아닐까요?

(새 한글 발음 표기) 180 미이-ㅌ어-r, 또는 180 미이터어-r

'미터'라고 발음하면 'm t'라는 두 글자만 발음한 상태로 들립니다. 반드시 스펠링 하나하나를 다 말해 주어야 합니다.

:: KOSPI KOSDAQ: 코스피 코스닥일까요, 아닐까요?

(새 한글 발음 표기) 꼬오스피이 꼬오스다아ㅡㅋ

MBC 9시 뉴스 데스크에서 하루 한 번씩 들을 수 있는 단골손님입니다. 코스피 코스닥에서 가장 중요한 발음은 o 발음으로, 반드시 '꼬오-' 로 소리를 내야만 합니다.

:: Galaxy: 갤럭시일까요, 아닐까요?

(새 한글 발음 표기) 게에-ㄹ어-ㅋ씨이, 또는 게에러어-ㅋ씨이

삼성에서 만든 모바일폰 Galaxy를 외국 사람에게 '갤럭시'라고 하면 이게 도대체 어떤 발음인지, 무슨 단어를 말하는지 삼성 갤럭시를 손에 들고도 알아듣지 못합니다. g 다음에 a가 있다는 것과 l 다음에 a가 또 온다는 것을 확실하게 소리로 말해 주어야만 알아들을 수 있습니다.

:: terror: 테러일까요, 아닐까요?

(새 한글 발음 표기) 테에-r뤄-어-r

terror라는 단어는 발음하기가 쉽지 않습니다. t 다음에 -e, e 다음에 -r이, -r 다음에 또 -r이 온다는 것을 또박또박 말해 주어야 합니다.

:: 아동 발달 center team 장: 아동 발달 센터 팀장일까요, 아닐까요?

(새 한글 발음 표기) 쎄에-ㄴ터어-r 티이-ㅁ

우리가 아무리 천천히 말해도 외국 사람은 우리가 말하는 소리를 매우 빠른 소리로 듣게 됩니다. 한국 사람은 발음을 꺾어서 말하기 때문입니다. 전 세계에서 가장 빠른 말이 우리 말입니다. 말이 빨라 매사에 '빨리빨리'라는 말을 달고 삽니다. 외국 사람과 말을 할 때는 천천히 그것도 아주 천천히 말하는 습관이 중요합니다.

center와 team은 영어에서 자주 사용하는 단어로 많은 연습을 해서 조금 빨리 말해도 상대방이 금방 알아들을 수 있도록 해야 합니다.

:: smart: 스마트일까요, 아닐까요?

(새 한글 발음 표기) 스마아ㅡr트

한국 영어권에서는 'r'-sound를 모두 생략하고 말하기 때문에 영어권 사람들은 이 단어를 연상할 수 없습니다. 말을 주고받는 영어에서 'r'-sound를 확실하게 말하는 것이 중요합니다.

:: member: 멤버일까요, 아닐까요?

(새 한글 발음 표기) 메에ㅡㅁ버어ㅡr

'멤'은 전 세계 어떤 소리글자에도 있을 수 없는 매우 고차원적인 한글 소리입니다. m 다음에 e가 온다는 것을 말의 강약을 줘서 먼저 상대방에게 알려주어야 합니다.

:: News plus: 뉴스 플러스일까요, 아닐까요?

(새 한글 발음 표기) 뉴으ㅡ스 프ㅡㄹ어스, 또는 뉴으ㅡ우스 프러어스

매일 방송에서 한 번씩 접할 수 있는 코너가 News Plus입니다. 여기에서 가장 중요한 발음은 상대방에게 l 다음에 u가 있다는 것을 알게 해주는 것입니다.

:: Alba 댓글: 알바 댓글일까요, 아닐까요?

(새 한글 발음 표기) 아ㅡㄹ바아

한국 사람의 입술과 영어권 사람의 입술을 자세히 비교해보면 한국 사람은 아랫입술과 윗입술이 대칭을 이뤄 골고루 발달해 있는 사람이 많지만, 영어권 사람은 윗입술이 거의 없는 상태로 비대칭인 경우가 많습니다. 어려서부터 받침이 없는 말을 계속 사용해 윗입술과 아랫

입술이 비대칭이 된 것입니다. 일본 사람도 마찬가지입니다.

:: golf: 골프일까요, 아닐까요?

(새 한글 발음 표기) 고오-ㄹ쁘, 또는 꼬오-ㄹ쁘

푸른 잔디가 펼쳐진 골프장 앞에서 아무리 '골프'라고 말해도 영어권 사람들은 알아듣지 못합니다. 그들은 '골'이라는 발음을 어려서부터 한 번도 들어본 적이 없습니다. 영어권 사람들 입장에서는 당연히 어리둥절할 수밖에 없습니다. gol-을 '골'이라는 소리 하나로 발음해서는 절대 안 됩니다.

golf란 발음은 매우 어려운 발음 중 하나입니다. g 다음에 o가 온다는 것을 말로 알려주어야만 하고 그래도 못 알아들으면 강하게 발음되는 'ㄲ'-소리를 사용하는 게 좋습니다. 그렇게까지 했는데도 못 알아들으면 body language를 사용하는 수밖에 없습니다. body language도 언어라는 생각이 중요합니다. 영어권 사람들은 입으로만 말하는 사람보다 눈, 손, 표정을 이용해 말하는 사람을 좋아합니다.

골프장에 가서 골프라고 말을 해도 잘만 알아듣는데 무슨 소리냐고 얘기할 사람이 있을 것입니다. 그렇다면 그 골프장에는 한국 사람들이 하도 많이 와서 한국 사람은 golf를 '골프'라고 말한다는 것을 이미 알고 있는 사람들이라고 보면 됩니다.

:: milk: 밀크일까요, 아닐까요?

(새 한글 발음 표기) 미이-ㄹ크

해외에서 사는 수많은 한국 사람이 '밀크'-소리를 몇 번 말해도 영어권 사람들은 잘 알아듣지 못합니다. mil-이라는 3개의 소리를 '밀-'

한 개의 Korean-sound를 사용했기 때문입니다. 해외에서 몇십 년을 살아도 영어에 자신을 갖지 못하게 만드는 단어 중 하나입니다.

이 단어는 m 다음에 i가 옵니다. m을 '미이-'로 끌어가서 '-ㄹ' 발음을 해주고 마무리를 '크'로 만들어 4개의 소리로 완성해야 합니다.

:: 성 hormone: 성 호르몬일까요, 아닐까요?

(새 한글 발음 표기) 호오-r 모오-ㄴ

'호르몬'이라고 우리가 발음하면 영어권 사람들은 들은 그대로 'hlmon'이라는 단어를 연상합니다. 그러나 영영사전에는 없는 단어입니다. '호오' 다음에 '-r'이라는 스펠링이 있다는 것을 반드시 발음으로 알려 주어야만 합니다.

:: On line: 온라인일까요, 아닐까요?

(새 한글 발음 표기) 오-ㄴ 라이-ㄴ

노래 부르듯이 '오-ㄴ 라이-ㄴ'에 장단을 주고 i-sound를 살려서 길게 끌어가면 됩니다.

:: marketing: 마케팅일까요, 아닐까요?

(새 한글 발음 표기) 마아-r 케에-ㅌ이-ㅇ, 또는 마아-r케에티이-ㅇ

9개의 소리가 들어있는 '마아-r 케에티이-ㅇ'을 3개의 소리 '마케팅'으로 줄여서 말하고 있습니다. 한국 사람들이 힘들어하는 Korean English-sound의 대표적인 발음 가운데 하나입니다. 자주 사용하는 영어로, 많은 연습을 해서 편하게 발음하도록 해야 합니다.

:: Facebook:페이스북일까요, 아닐까요?

(새 한글 발음 표기) 쀠이스으 부우-ㅋ

f로 시작해 'ㅃ'-소리로 말하는 '쀠이스으'와 페이스는 전혀 다른 소리입니다. book이라는 4개의 소리를 '북'이라는 한 개의 소리로 말하면 절대로 안 됩니다. book은 o가 두 개가 있어 '부우-'에서 한 박자 길게 가야 합니다.

:: 3D printer: 3디 프린터일까요? 아닐까요?

(새 한글 발음 표기) 3디이 프-r이-ㄴ터어-r, 또는 3 디이 프뤼이-ㄴ터어-r

KBS, MBC, SBS 등 공중파 방송에 나오는 영어 단어만 제대로 듣고, 제대로 말해도 누구나 영어를 잘할 수 있는 새 세상이 열립니다. 말을 주고받는 영어에서 자주 사용하는 단어를 방송에서 숱하게 만날 수 있습니다.

'3디이 프뤼이-ㄴ 터어-r'는 반드시 r-sound를 '롸'나 '뤄'-소리, 'rah'나 'ruah'-sound로 해야만 합니다.

:: community: 커뮤니티일까요, 아닐까요?

(새 한글 발음 표기) 커어-ㅁ뮤우-ㄴ이-ㅌ이, 또는 커어-ㅁ뮤우니이티이

community를 '커뮤니티'라고 말하면 European-sound에 가장 가까운 소리가 됩니다. 그러나 우리에게는 original English-sound가 중요합니다. 꼭 '커어-ㅁ뮤우니이티이'라고 습관처럼 말해야 합니다.

:: project: 프로젝트일까요, 아닐까요?

(새 한글 발음 표기) 프로오제어-ㅋ트, 또는 프뤄제에-ㅋ트

한국에서 국어를 초등학교 때부터 고등학교 졸업할 때까지 배우는 이 유는 말하는 게 그만큼 중요하기 때문입니다. 영어권 사람들도 마찬가 지입니다. 소리글자의 생명은 바로 소리에 있습니다. 따라서 우리가 영어를 말할 때 original English-sound로 말하는 연습이 중요합니다.

:: code: 코드일까요, 아닐까요?

(새 한글 발음 표기) **코오-드, 또는 코오드으**

'코오-드'를 글자 그대로 영국 사람들처럼 '코오드으', 'code'로 발 음하려면 마지막 스펠링 e는 아주 약한 소리로 발음해야 합니다. 상대 방이 이미 알고 있는 '으' 발음이라는 생각이 들게 해야 합니다. '코 오-드'로 발음하려면 오-에서 한 박자 길게 끌면 됩니다.

:: design: 디자인일까요, 아닐까요?

(새 한글 발음 표기) **디이-자이-ㄴ**

한국 사람이라면 이 단어의 발음이 '디자인'이라는 세 글자로 귀에 정착되어 있을 것입니다. 아무리 영어권 사람들이 '디이자이-ㄴ'이 라고 해도 우리는 이미 '디자인'이라는 Korean-sound에 귀가 세뇌되 어 그렇게밖에 안 들립니다. 영어권 사람들이 하는 발음을 한 번 더 들어보시고 따라 하시기를 바랍니다.

:: Home page: 홈 페이지일까요, 아닐까요?

(새 한글 발음 표기) **호오ㅡㅁ 페이-쥐, 또는 호오ㅡㅁ 페이쥐이**

g는 '쥐'-소리, j는 '지'-소리로 생각하면 됩니다. g와 j는 똑같은 단 어가 하나도 없다는 것을 이미 알고 있는 영어권 사람들은 사람에 따

라 소리가 똑같다고 말하기도 하고, 약간 다르다고 하기도 합니다. 똑같은 단어는 하나도 없어 그냥 마음 편하게 발음하면 됩니다.

:: smog: 스모그일까요, 아닐까요?

(새 한글 발음 표기) 스모오-ㄱ, 또는 스모오그

같은 소리 같지만, 사실은 다른 소리로 들립니다. '스모그'는 o 발음이 사라진 상태의 'smg'만 소리를 낸 Korean-sound입니다.

:: vaccine: 백신일까요, 아닐까요?

(새 한글 발음 표기) 쀄에-ㅋ-씨이-ㄴ

방송에서 매년 환절기만 되면 나오는 단어로, '백신'-소리글자 두 개 모두 받침이 들어가는 Korean-sound입니다. 그렇게 발음하면 영어권 사람은 그 누구도 알아들을 수 없습니다. '쀄에-ㅋ씨이-ㄴ'이라는 7개의 소리를 '백신'이라는 2개의 소리로 만들었기 때문에 당연히 영어권 사람은 알아듣지 못합니다. 반드시 vaccine '쀄에-ㅋ씨이-ㄴ'이라고 발음해야 합니다.

vaccine은 cc가 두 개 겹칩니다. 쀄에-ㅋ 'vac-' 다음에 씨이-ㄴ 'cine'이 나옵니다. 그렇지만 똑같은 c라도 소리가 다른 -cc-라는 생각을 해야 합니다. 힘들겠지만 연습을 많이 해야만 하는 단어 중 하나입니다.

:: campaign: 캠페인일까요, 아닐까요?

(새 한글 발음 표기) 케에-ㅁ페에이-ㄴ

campain이라는 단어에서 '캠'이라는 한 글자로 cam-을 만들어 가서는 안 됩니다. 습관처럼 '케에-ㅁ페에이--ㄴ'이라는 original English-sound 7개로 말하는 습관이 필요합니다.

:: MBC Sports News: 엠비씨 스포츠 뉴스일까요, 아닐까요?

(새 한글 발음 표기) 에-ㅁ 비이 씨이 스-ㅍ오-r-츠- 뉴으-스, 또는 에-ㅁ비 이씨이 스포오-r-츠- 뉴으우스

모든 sports는 금이 그어진 in 상태에서 play를 하므로 in을 사용합니다. in 또는 out의 경계가 확실하다는 생각이 들면 in이라는 preposition '전치사'를 먼저 머리에 떠올리고 영어를 한다는 생각을 해야만 합니다. 스포츠라는 Korean-sound가 아닌, '스포오-r-츠' 라는 English-sound로 발음해야 합니다.

:: 소녀 fan: 소녀 팬일까요, 아닐까요?

(새 한글 발음 표기) 뾔에-ㄴ

pen과 fan은 전혀 다른 글자입니다. 팬이라고 표기하면 pen에 가장 가까운 발음이 됩니다. 학생들이 한국말인 양 자주 사용하는 fan이라는 단어는 ㅃ-소리입니다. f-sound가 p-sound로 들리지 않도록 말하는 것이 중요합니다.

:: team 합류: 팀 합류일까요, 아닐까요?

(새 한글 발음 표기) 티이-ㅁ

4개의 소리를 하나로 묶어서 말하는 '팀'이라는 Korean-sound는 한글만의 소리입니다. 영어의 모든 단어는 Korean-sound가 아닌 English-sound로 습관처럼 말하는 게 필요합니다.

:: fan meeting: 팬 미팅일까요, 아닐까요?

(새 한글 발음 표기) 뿨에-ㄴ 미이--ㅌ이-ㅇ, 또는 뿨에-ㄴ 미이-티이-ㅇ

지금 만나게 되는 중인 상태에서 사용하는 meeting은 7개의 소리가 있다고 봐야 합니다. 똑같은 'o'-sound가 2개라 '미이-티이--ㅇ'에서 '미이-'를 길게 끌어 사용해야만 합니다.

:: 얼짱 guard: 얼짱 가드일까요, 아닐까요?

(새 한글 발음 표기) 가아-r드

가드는 말하기 쉬운 Korean-sound로 'g d'만 발음한 결과가 됐습니다. 농구에서 자주 사용하는 단어로, r-sound를 반드시 말하는 연습이 필요합니다.

:: court 새바람: 코트 새바람일까요, 아닐까요?

(새 한글 발음 표기) 코오--r트, 또는 코오우-r트

'코오-트' coat와 '코오-r트' court는 전혀 다른 발음, 전혀 다른 단어입니다. '코트'라고 표기하면 coat에 더 가까운 발음이 됩니다. 가아-r드와 마찬가지로 코오-r트도 자주 사용하는 일상적인 단어로, 이미 '코트'라는 한국 발음으로 굳어진 대표적인 소리라 할 수 있습니다.

:: 현대자동차 group: 현대자동차 그룹일까요, 아닐까요?

(새 한글 발음 표기) 그루우-ㅍ

'그루우-ㅍ' group이라는 단어는 5개의 소리로 만들어진 단어입니다. 쉬운 것 같아도 막상 말을 하면 영어권 사람들이 알아듣기가 어려

운 소리가 될 수 있는 영어입니다.

:: condensing boiler: 콘덴싱 보일러일까요, 아닐까요?

(새 한글 발음 표기) 코오-ㄴ데에-ㄴ시이—ㅇ 보오이-ㄹ어-r, 또는 커어-ㄴ데에-ㄴ씨이—ㅇ 보오이러어-r

대한민국 사람 누구나 한국말처럼 사용하는 '보오이-ㄹ어-r' 역시 중요한 발음입니다. 콘덴싱 보일러는 글자 속에 이미 받침이 4개가 들어있는 고차원적인 한글의 소리입니다. condensing이라는 10개의 소리를 일일이 하나하나 연습해 보는 게 중요합니다.

:: game: 게임일까요, 아닐까요?

(새 한글 발음 표기) 게에이-ㅁ

컴퓨터 시대에 가장 많이 사용하는 단어가 game이라는 단어가 아닐까 생각합니다. 게임이라는 2개의 Korean-sound와 '게에이-ㅁ'이라는 4개의 English-sound는 소리 자체가 다릅니다. 충분히 알아들을 거로 생각했는데도, 상대방이 두 번 정도 반복해도 알아듣지 못하면 말을 주고받는 영어는 매우 어려워집니다.

:: Cuckoo: 쿠쿠일까요, 아닐까요?

(새 한글 발음 표기) 쿠우-ㅋ쿠-우

Cuc과 koo는 전혀 다른 글자입니다. 글자가 다르면 소리도 당연히 다르게 됩니다. Cuckoo를 '쿠쿠'라는 똑같은 Korean-sound 2개로 만들어 가서는 절대로 안 됩니다. '쿠우-ㅋ쿠-우'라는 6개로 일일이 발음해야 합니다.

MBC TV에서 한 시간 동안 방영한 62개의 영어 단어를 살펴봤습니다. 장난처럼 들리는 '일까요, 아닐까요?'에서 모두 아닐까요? 라는 의문이 제기된다면 심각한 문제입니다. 앞으로도 MBC TV가 방송하는 이대로 사용하게 된다면, 지금까지 온 영어 역사 50년 세월만큼 앞으로 50년 세월이 더 지나도 영어 강국으로 가기는 역부족일 가능성이 큽니다.

MBC 9시 뉴스 데스크에서 시작해 쿠쿠까지 나오는 모든 발음은 Korean-English 소리로 한글을 사용하는 한국 사람은 누구나 쉽게 알아들을 수 있는 발음이지만, 영어권 사람이나 외국 사람이 알아듣기는 매우 어렵습니다.

영어는 왜 하는지? 무엇 때문에 하는지? 가장 근본적인 문제로 돌아가 생각해 보아야 합니다. 한국 사람이 혀를 영어권 사람들처럼 굴려 영어를 잘하는 것처럼 보이는 것은 별로 중요하지 않습니다.

MBC 9시 뉴스 데스크를 진행하는 앵커들의 말, 광고, 연속극 제목을 통해서 봇물 터지듯 쏟아져 나오는 Korean-English sound는 대한민국 사람끼리만 잘 통하는 소리에 그칩니다.

어릴 때부터 TV와 학교 그리고 컴퓨터를 통해 이런 소리를 당연히 original English-sound로 알고 듣게 되면, 아무리 영어권 사람들이 다르게 말해도 이미 아이들의 귀는 Korean English-sound에 세뇌되어 있어 original English-sound를 구별해서 들을 수 있는 능력을 상실하게 됩니다. original English-sound란 혀를 마구 굴려서 외국 사람처럼 흉내 내는 발음보다는, 스펠링 하나하나가 다 소리라는 생각이 중요합니다.

Lecture
12

새 한글 영어 발음

12. 새 한글 영어 발음
● ● ― 1~10계명

새 한글 영어 발음 1 계명

받침만 옆으로 가게 발음해라

뉴질랜드 남섬에 있는 오타고대학(University of Otago)에서 영어를 전공한 Mrs. Dee, 모스번초등학교(Mossburn Primary School) 교장 Mr. PB, 서울 면목초등학교 원어민 교사로 1년간 재직했던 Helen, Tania, Carla가 제 영어 선생님들이었습니다.

또한, 제가 운영하는 간이 휴게소(한국의 고속도로 휴게소라고 생각하면 됩니다)에서 나와 함께 일했던 Chelsea, Debbie, Susan, Janelle, Emma와 필리핀 직원 E-lane, Jenifer를 비롯한 40명 이상의 현지인 직원이 제 영어 공부 파트너가 되어 주었습니다.

제가 그들에게 한 어려운 질문 가운데 하나는 너희는 이 단어와 이 문장을 어떤 원리에 의해, 어떤 방법으로 소리를 내느냐는 것이었습니다. 또, 그 발음은 어떻게 되는지, 왜 그렇게 발음하느냐는 것이었습니다.

외국 사람이 '아리랑 아리랑 아라리요', '살어리 살어리랏다'를 어떤 원리에 의해, 어떤 방법으로 소리를 내는지 우리에게 물어본다면 딱 집어서 정답을 말하기가 힘들 겁니다. 그서 내가 발하는 대로 따라 하고, 내가 소리 내는 대로 반복해서 연습하라는 말 외에는 특별히 설명할 방법이 없을 겁니다. 영어권 학교나 language school 역시 선생님의 발음을 따라 하고 스스로 터득하라고 가르칩니다.

깡촌이라고 할 수 있는 모스번 휴게소에서 약 13년 동안 일하면서 공부 삼아 KBS, MBC에 나오는 영어 단어를 한글 발음 그대로 노트에 적어 보았습니다. 그리고 직원들에게 눈을 감으라고 하고 알아들을 수 있는 단어가 나오면 손을 들어 달라고 부탁했습니다.

카푸치노/스타/드라마/카드/골프/엔터테인먼트/밀크/벨트/풋볼/걸/케이블/홈런/올백/팝송/콘텐츠/밧데리/컨디션/글로벌 마켓 etc.

이 단어들은 영어를 한글화시킨 게 분명합니다. 제가 몇 번씩 '걸 걸 걸', '골프 골프 골프', '밀크 밀크 밀크'를 반복해도 누구 하나 손을 들지 않았습니다. 제 경상도 발음이 안 좋아서 그런가? 수차례 같은 단어를 발음해도 알아듣지 못할 뿐 아니라 아예 무슨 단어를 말하는 지조차 몰랐습니다. 영어권 사람처럼 혀를 굴려보기도 하고, 밤새 연습을 해서 다음날 또 말해도 받침이 들어가는 단어는 전혀 알아듣지 못했습니다.

또한, 직원들에게 받침이 있는 내 이름 '권영진'부터 '퐁당퐁당', '딸깍딸깍', '말랑말랑' 등 여러 단어를 따라 해 보라고 했습니다. 그들은 아무리 애를 써도 따라 할 수 없었습니다. 그렇게 속만 태우다가 7년의 세월이 지난 후에야 제 경상도 발음이 나빠 직원들이 알아듣지 못하는 게 아니라는 사실을 깨달았습니다. 경상도 발음과는 전혀 관계가 없었습니다.

저는 휴게실에서 커피를 뽑고 햄버거를 구워 관광객들에게 팝니다. 전 세계에서 온 다양한 사람이 여행길에 한번은 들려가는 쉼터라고 할 수 있습니다. 자동차로 세 시간 거리에 유명한 관광지, 밀포드 사운드(Milford Sound)가 있어 그렇습니다. 여러분들도 혹시 뉴질랜드 여행을 계획하고 계신다면, 꼭 한 번쯤 들러 주시기를 바랍니다. 밀포드 사운드는 세계 10대 관광지 가운데 하나로 꼽히고 있습니다.

잠깐잠깐 쉬는 틈을 이용해 앞서 말한 단어를 여러 나라 사람들에게 보여주었습니다. 어떻게 발음하는지 궁금해서였습니다.

France 사람은 French 발음으로, Italy 사람은 Italian 발음으로, Denmark 사람은 Danish 발음으로, Poland 사람은 Polish 발음으로, Spain 사람은 Spanish 발음으로, Germany 사람은 German 발음으로, 일본 사람은 일본식 발음으로, 중국 사람은 중국식 발음으로, 인도 사람은 인도식 발음으로, Philippines 역시 Pilipino 발음으로 단어를 읽었습니다.

그 어떤 사람도 영어권 사람들과 똑같은 발음을 흉내 내거나 그런 식으로 말하는 사람을 찾아볼 수 없었습니다. 제 발음이 나빠서, 영어권 사람들과 같지 않아서, 서울 발음이 아닌 경상도 발음이어서 제가 하는 말을 알아듣지 못하는 경우는 없었습니다.

전 세계 언어 가운데 받침이 있는 말은 세종대왕이 만든 한글뿐입니다. 다른 나라 사람들은 아예 '받침'이라는 두 글자가 무엇인지도 모릅니다. 그러다 보니 받침이 있는 말을 할 수 없습니다. 일본 말 역시 소리글자로 되어 있지만, 우리가 아무리 '김치'라고 발음해도 받침이 없는 그들의 글자로는 '기무치'로 발음될 뿐입니다.

팝송과 Italy를 비롯한 유러피언 스타일의 노래와 일본 노래, 중국 노래, 태국 노래, 인도네시아 노래는 받침이 없는 소리글자로 부릅니다. 우리와 같이 폭발적인 가창력을 기대할 수 없습니다. 뉴질랜드의 원주민인 마오리들의 노래 역시 받침이 없어 잔잔한 노래로 들립니다. 다른 나라 사람들의 말에는 글자에 받침이 없어서 죽었다 깨어나도 한국 사람처럼 노래를 부를 수 없습니다. 소리의 양면성을 가지고 있는 한글만의 장점이며, 앞으로 전 세계를 치고 나갈 수 있는 숨은 원동력이라고 할 수 있습니다. 영어를 전 세계에서 가장 잘할 수 있는 첫 번째 장점입니다.

영어 발음의 어려움은 혀가 한쪽으로만 발음된다는 데 있습니다. 그러다 보니 자연스럽게 한쪽 혀가 굳어집니다. 반면에 우리는 혀가 한쪽으로만 굳어지는 상태가 아니어서, 700만 초·중·고등학생 누구나 영어를 세계에서 가장 잘할 가능성이 큽니다.

발음이나 목소리가 안 좋아서, 영어권 사람들과 소리가 달라서, 또는 저처럼 경상도 발음을 구사해서 영어권 사람들이 알아듣지 못하는 경우는 절대 없습니다.

한글은 양면성을 띤 완벽한 소리글자입니다. 누구라도 자유자재로 말할 수 있는 구조로 되어 있습니다. 전 세계 어떤 사람보다 영어 발음을 가장 멋지게 구사할 수 있습니다. 반기문 유엔 사무총장님의 영어 발음이 충청도 토종 발음이어도, 전 세계 사람 모두가 잘만 알아듣습니다.

몇 년 전 세상을 떠난 패션 디자이너 앙드레 김이 프랑스 사람들보다 훨씬 더 영어를 잘했던 이유 가운데 하나도 한평생 한글을 사용해왔기 때문에 혀가 한쪽으로만 굳어지지 않아서 그랬습니다.

대한민국 700만 학생은 한글을 말하는 내 소리가 전 세계에서 가장 좋은 발음이라는 자부심을 가져도 좋습니다. 여러분들은 비영어권의 어떤 학생들보다 영어 발음을 더 잘할 수 있습니다. 한글의 양면성 덕분에 어떤 소리도 다 낼 수 있는 소리가 한글이기 때문입니다.

말하는 방법만 제대로 터득하고 상대방이 알아듣게만 말한다면 우리의 소리는 그 어떤 사람도 따라올 수 없는 발음이 될 것입니다. '소리글자의 대부, 한글을 말하는 내 소리가 최고다' 라는 생각이 영어에서 가장 중요한 발음 1계명이라고 할 수 있습니다.

스펠링 하나하나를 끝까지 소리 내라

스펠링 하나하니를 다 소리라고 생각하고 일일이 발음하는 연습이 중요합니다. 대한민국 영어 역사 약 50년의 큰 문제 가운데 하나는 영어 스펠링을 적당히 발음하고, 적당히 따라 하고, 적당히 흉내 내는 발음 때문이라고 생각합니다.

영어권 사람들의 소리를 자세히 들어 보시면 스펠링 하나하나를 끝까지 빠뜨리지 않고 모두 다 발음한다는 사실을 알 수 있습니다. 적당히 한국식으로 발음하면 스펠링이 중간에 없어져 발음을 들은 그들이 단어를 머릿속에 떠올릴 수 없습니다. 한글과 영어는 똑같은 소리글자로 말의 순서만 다른 언어입니다.

우리는 'ㅏ ㅑ ㅓ ㅕ ㅗ ㅛ ㅜ ㅠ ㅡ ㅣ'라는 10개를 기본 모음으로 하고, 이 모음을 모든 자음에 붙여서 말합니다. '가갸 거겨 고교 구규 그기' 부터 시작해 '하햐 허혀 호효 후휴 흐히' 까지 모든 자음에 모음을 붙여서 발음하면 받침이 들어가지 않는 140개의 소리가 만들어집니다. 그 다음 영어권에서는 만들어질 수 없는 'ㄲ, ㄸ, ㅃ, ㅆ, ㅉ'에서 50개의 소리가 또다시 만들어집니다.

영어는 'a e i o u' 다섯 개의 모음에 모든 자음과 모음을 다 붙이면 'a b c d e f g h i j k l m n o p q r s t u v w x y z' 130개의 소리글자가 만들어집니다. 영어는 'ㄲ, ㄸ, ㅃ, ㅆ, ㅉ'에서 만들어지는 소리는 있지만, 스펠링으로 만들 수는 없습니다. 한글에서 받침이 없는 소리글자 140개와 'ㄲ, ㄸ, ㅃ, ㅆ, ㅉ'에서 만들어지는 50개의 소리만 잘 섞어 사용하면 영어를 얼마든지 할 수 있습니다.

받침이 들어가는 '각갹 걱격 곡곡 국귝 극긱', '짝짝 쩍쩍 쪽쫙 쭉쭊 쯕 찍'에서 만들어지는 3,610개의 소리는 한글만 낼 수 있는 소리로, 영어에서는 절대로 사용하거나 발음하면 안 됩니다.

찹쌀떡을 파는 사람은 '찹쌀떡'이라고 글자 그대로 말하면서 팔지 않습니다. 글자 있는 그대로 말하면 소리의 장단을 줄 자리가 없어집니다. 반드시 나열식으로 만들어 소리쳐야 합니다. 이 소리가 영어권 발음입니다. '차아-ㅂ 싸아-ㄹ 떠어-ㄱ.' 이런 식으로 말입니다.

새 한글 발음 2계명은 스펠링 하나하나가 다 소리이므로 '찹쌀떡'이 아닌 '차아-ㅂ 사아-ㄹ 떠어-ㄱ'이라고 발음해야 한다는 것입니다. '찹쌀떡'과 '차아-ㅂ 싸아-ㄹ 떠어-ㄱ'은 서로 다른 소리라는 생각을 해야 합니다.

새 한글 영어 발음 3 계명

내 발음을 상대방이 어떻게 들었을까 생각하라

한글은 나로서도, 상대방으로서도 말할 수 있는 양면성을 가진 말과 글입니다. '되다. 된다.' 또는 '이다. 있다.'가 다 가능합니다. 영어는 상대방 처지에서 말하는 언어로 받침이 없을 뿐만 아니라, 생각도 한쪽으로만 가는 일면성의 언어입니다. '되다. 된다.'만 사용할 수 있습니다. 그러므로 말하는 내 쪽이 아닌, 내 말을 듣는 상대방 쪽에서 모든 것을 생각해야 합니다.

처음 한 말을 상대방이 알아듣지 못했다면 다시 말할 때는 발음 문제나 소리 문제가 아니라 내가 한 말을 혹시나 다른 스펠링으로 들은 것은 아닌지, 상대방이 다른 단어를 연상할 수 있도록 발음을 한 것은 아닌지, 혹시 받침을 넣어서 말한 것은 아닌지 빨리 상대방 처지에서 생각해야만 문제가 쉽게 풀립니다.

전 세계에서 가장 말이 빠른 사람은 대한민국 사람입니다. 받침을 사용하기 때문에 말이 빠를 수밖에 없습니다. 말이 빠르면 자연스럽게 행동도 빨라집니다. 빠른 것은 장점이 될 수 있습니다. 그러나 모든 일에 급한 것은 단점이 될 가능성도 큽니다.

반대로 전 세계에서 가장 말이 느린 사람은 영어권 사람입니다. 행동도 가장 느립니다. 느린 게 단점일 수도 있겠지만, 역으로 일을 마구 벌이지 않는다는 장점으로 삼을 수도 있습니다. 어쩌면 모든 일에 마무리를 가장 잘하는 사람이 영어권 사람일지도 모릅니다. 아무리 천천히 말해도 전혀 문제가 되지 않습니다. 영어를 배우는 우리 학생들은 늘 또박또박, 천천히 말하는 게 중요합니다.

알 'r-' 발음은 반드시 소리로 만들어라

영어를 잘하는지 못하는지, 발음이 좋은지 나쁜지는 r-sound를 얼마나 잘하는가에 달려 있습니다. 그만큼 '-r 알' 발음이 중요합니다. 영어권 사람들은 '-r' 발음을 반드시 하는데 우리는 발음에서 표기 자체가 사라진 발음으로 아예 말을 안 합니다. 장단을 넣기 위해 따라다니는 모든 '알' 발음은 -r' 스펠링으로 표기합니다. 한국식 발음은 '알'이라고 하면 됩니다.

2013년 12월 31일. 2014년 새해가 5시간 정도 남아 있을 때였습니다. 갑자기 궁금한 게 하나 생겼습니다. 영어공부를 하다가 궁금한 게 있으면 무엇이든 편하게 물어볼 수 있는 제 친구 Andrew가 떠올랐습니다. 그러나 그는 보름 전쯤 방학하기가 무섭게 가족과 함께 휴가를 가버렸습니다. 갑자기 마음이 초조해지기 시작했습니다.

해를 넘기기 전에 어떻게 하든 발음을 한 번 더 짚고 넘어가고 싶어 오타고대학에서 영어를 전공한 Mrs. Dee 선생님에게 전화를 걸었습니다. 연말이라 여러모로 바쁘겠지만 꼭 와서 도와달라고 부탁했습니다. 그는 한걸음에 달려왔습니다. 만나자마자 저는 r-sound에 관해 물었습니다. Mrs. Dee는 100kg이 넘는 덩치만큼이나 시원시원하게 대답해 주었습니다.

l= lu lu lu-sound (루루루) 라고 노래를 불렀습니다. 문제는 r 발음이었습니다. r발음은 rah-sound or ruah-sound라고 적었습니다. 저는 수십 번 따라 하고, 수십 번 반복했습니다. Mrs. Dee는 제가 평소 습

관적으로 발음하던 '라'나 '러'는 틀렸다고 했습니다. 혀를 억지로 돌려 '롸'나 '뤄' 소리를 내면 오케이 사인을 주었습니다.

'라라라라' l-sound 새 한글 발음

단어	새 한글 발음
label	레이-ㅂ으-ㄹ, 또는 레이브으-ㄹ
lady	레이-ㄷ이, 또는 레이디이
lag	레에그
lamb	레에-ㅁ
language	레에-ㄴ귀이-쥐, 또는 레에-ㄴ귀이쥐이
lately	레이-ㅌ으-ㄹ이, 또는 레이트으리이
laugh	라아-ㅍ, 또는 라아-ㅎ
laundry	라아우-ㄴ드-r이, 또는 라아우-ㄴ드뤼이
league	리이-ㄱ-으, 또는 리이-ㄱ-으
leave	리-이-ㅃ으, 또는 리-이쁘으
left	레에-ㅃ트, 또는 레에쁘트
legal	리이-ㄱ어-ㄹ, 또는 리이거어-ㄹ
length	레에-ㅇ-쓰
license	라이세에-ㄴ-스, 또는 라이쎄에-ㄴ스으
lift	리이-ㅃ트, 또는 리이쁘트
listen	리이-쓰-으-ㄴ
live	리이-쁘으(동사), 또는 라이-ㅃ으(형용사)
lodge	로오-ㄷ-쥐, 또는 로오-ㄷ쥐이
loose	루우-즈, 또는 루우즈으
loud	라아우드

love	러어-ㅃ으, 또는 러어쁘으
lucky	러어-ㅋ키이
luggage	러어-ㄱ기이-쥐, 또는 러어-ㄱ귀이쥐이
luxury	러어-ㅋ셔어-r이, 또는 러어-ㅋ셔어뤼이

'롸, 뤄' 또는 알 '-r' sound 새 한글 발음

단어	새 한글 발음
race	뤠이-스, 또는 뤠이스으
radio	뤠에-ㄷ이오, 또는 뤠에디이오
range	뤠이-ㄴ-쥐, 또는 뤠이-ㄴ쥐이
rare	뤠에어-r
rarely	뤠에-r-리이, 또는 뤠에-r어리이
raw	로어우, 또는 뤄어우
reach	뤼이-취
ready	뤠-에-ㄷ이, 또는 뤠-에디이
reason	뤼이-즈으-ㄴ, 또는 뤼이-저어-ㄴ
receive	뤼이씨이-ㅃ으, 또는 뤼이씨이쁘으
record	뤠에-ㅋ오-r드, 또는 뤠에코오-r드
recovery	뤼이커어-ㅃ어-r이, 또는 뤼이커어뻐어뤼이
refuse	뤼이-ㅃ우-즈, 또는 뤼이-쀼우즈으
regal	뤼이-ㄱ아-ㄹ, 또는 뤼이가아-ㄹ
relax	뤼이-ㄹ에-ㅋ스, 또는 뤼이레에-ㅋ스
religion	뤼이-ㄹ이저어-ㄴ, 또는 뤼이리이저어-ㄴ
remember	뤼이-ㅁ에-ㅁ버어-r, 또는 뤼이메에-ㅁ 버어-r
rent	뤠에-ㄴ트
repair	뤼이-ㅍ에어-r, 또는 뤼이페에어-r

require	뤼이콰아이어-r
restaurant	뤠에스-ㅌ-어-r아-ㄴ트, 또는 뤠에스터어롸아-ㄴ트
retreat	뤼이-ㅌ뤼이-트, 또는 뤼이트뤼이트
rightful	롸이-ㅎ트-ㅃ우-ㄹ, 또는 롸이-ㅎ트뿌우-ㄹ
roll	뤄오-ㄹ, 또는 로오-ㄹ
rose	뤄오-즈, 또는 로오즈으
rum	뤄어-ㅁ
rush	뤄어-쉬

g는 '쥐, 줘, 줴' 발음으로, j는 '지, 저, 제'로

어느 날 Mrs. Dee 선생님과 g와 j 발음을 집중적으로 공부했습니다. Mrs. Dee 선생님은 두 스펠링은 아주 비슷하다고 말했습니다. g는 가끔 '가, gah' 발음이 되고, '줘, geo-sound'라고도 한다고 설명해 주었습니다. 저는 수십 번 '쥐, 줘, 줴'와 '지, 저, 제'를 반복했습니다. 제대로 발음하면 Mrs. Dee 선생님은 살짝 웃으며 손을 들어 주었습니다.

그날 밤늦게 Mrs. Dee 선생님은 집으로 돌아가셨습니다. 그런데 일전에 모스번초등학교 Andrew 교장 선생님이 g와 j는 똑같은 발음이라고 제게 말해준 게 마음에 걸렸습니다. 그날 밤새도록 영영사전에 나오는 g와 j로 시작하는 단어를 모두 찾아보았습니다.

제가 몇 시간을 뒤졌지만, 영영사전에는 똑같은 단어가 하나도 없었습니다. 영국은 발음의 혼돈이 있을 수 있는 단어를 하나도 만들지 않았던 것입니다. 영영사전에는 겹치는 단어가 하나도 없어 g는 '쥐, 줘, 줴' 발음으로, j는 '지, 저, 제'로 편하게 발음하면 된다는 결론을 내렸습니다. 2014년 새해는 밝았고, 제 나름대로 발음 십계명을 모두 정리할 수 있었습니다.

제 영어 이름은 James입니다. 영어권에서 많이 사용하는 이름인데도 '제임스'라고 하면 잘 알아듣지 못합니다. 꼭 '제에이-ㅁ스'라고 스펠링 하나하나를 다 발음해야만 그제야 고개를 끄덕입니다. 우리가 자주 들어본 James, Jimmy, Jim은 다 똑같은 이름입니다. 영어권 사람들이 잘 알아듣지 못할 경우 Jim '지이-ㅁ'이라고 말하면 쉽게 알아듣습니다.

George의 경우도 한글 발음으로 '조지'라고 말하면 거의 알아듣지 못합니다. George는 '줘-오-r쥐이'나 '쯔으오-r쥐이'라고 말해야 합니다. 그냥 우리 식대로 '조지'라고 발음하면 제아무리 영어 박사 학위를 갖고 있다고 하더라도 영어권 사람들은 결코 스펠링을 연상할 수 없습니다.

한국 사람들은 대부분 영어 단어를 발음할 때 우리 식으로 줄여서 하거나, 적당히 스펠링을 빼거나, 받침을 사용해 말하곤 합니다. 그러면 대다수 영어권 사람들은 알아듣지 못합니다. 신경을 써서 스펠링 하나하나를 끝까지 다 말해주어야 합니다.

ㄱ으로 발음하는 g-sound 새 한글 발음

단어	새 한글 발음
gain	게에이-ㄴ
gap	게에-ㅍ
garden	가아-rㄷ으-ㄴ
gas	게에스
gift	기이-ㅃ트, 또는 기이쁘트
girl	거어-r-ㄹ, 또는 기이-r-ㄹ
glass	그-ㄹ아-ㅅ 스, 또는 그라아스
globe	그-ㄹ어-ㅂ으, 또는 그러어브으
glue	그-ㄹ-우, 또는 그루우으
goal	고오-ㄹ
goldfish	고오-ㄹㄷ쀠이-쉬
golf	고오-ㄹ쁘
gone	고오-ㄴ
good	구우—ㄷ
gospel	가아스-ㅍ에-ㄹ, 또는 가아스페에-ㄹ
graduate	그-r에-ㄷ우에이트, 또는 그뤠에듀우에이트
grammar	그-r에-ㅁ마아-r, 또는 그뤠에-ㅁ마아-r
grape	그-r에이ㅍ, 또는 그뤠이-ㅍ으
grass	그-r아-ㅅ 스, 또는 그롸아-ㅅ 스
Greece	그-r이-스, 또는 그뤼이스으
grocery	그-r오써어-rㅇ), 또는 그뤄오써어뤼이
groom	그-r우-ㅁ, 또는 그뤄우-ㅁ
group	그-r우-ㅍ, 또는 그루우-ㅍ
growth	그-r오우-쓰, 또는 그뤄오우-쓰
guess	게에-ㅅ 스

172

guide	가-이-ㄷ으, 또는 가아이드으
guitar	귀-이타아-r
gym	쥐이-ㅁ

'쥐, 줘, 줴'로 발음하는 g-sound 새 한글 발음

단어	새 한글 발음
gem	줴에-ㅁ
general	줴에-ㄴ에롸아-ㄹ, 또는 줴에네에롸아-ㄹ
generate	줴에-ㄴ어-r에이트, 또는 줴에너어뤠에이트
gentle	줴에-ㄴ트으-ㄹ
geography	쥐이어그롸아-ㅍ히이, 또는 쥐오그롸아피-이
German	줘어-r머어-ㄴ
ginger	쥐이-ㄴ줘어-r

'지, 제, 저'로 발음하는 j-sound 새 한글 발음 예문

단어	새 한글 발음
jacket	제에-ㅋ케에-ㅌ
jail	제에이-ㄹ, 또는 자아이-ㄹ
jam	제에-ㅁ
January	제에-ㄴ유어-r이, 또는 제에-뉴우어뤼이
Japanese	제에-ㅍ에-ㄴ이-스, 또는 제에페에니이스으
jelly	제에-ㄹ리이
Jesus	지이저어스
jewelry	즈-우웨에-ㄹ뤼이, 또는 즈으우웨에-ㄹ뤼이
Jewish	즈으위이-쉬

job	자아ㅂ
join	조오이ㄴ
joke	조오-ㅋ으, 또는 조오크으
journey	저-어-r-ㄴ-이, 또는 저-어-rㄴ-이
joyfully	조오이-ㅃ우-ㄹ리이, 또는 조오이뿌우-ㄹ리이
judgement	저어-ㄷ쥐이-ㅁ어-ㄴ트, 또는 저어-ㄷ쥐이머어-ㄴ트
July	주우-ㄹ아이, 또는 주우라이
jump	저어-ㅁ프
junior	주우-ㄴ이어-r, 또는 주우니이어-r
just	저어스트

g와 겹치는 단어가 하나도 없으므로 상대방이 알아듣지 못한다면 조금은 강한 '쥐, 줘, 줴' 발음으로 해도 큰 문제가 되지 않습니다.

상대방이 들었을 때 f가 p로 들리면 안 된다

대한민국 영어 역사 약 50년 동안 가장 문제가 되는 발음 가운데 하나가 f 발음입니다. f 발음이 상대방이 들었을 때 p 발음이 되는 'ㅍ'으로 들리지 않도록 신경 써서 말하는 게 중요합니다. 영어권에서 사용하는 f와 p는 전혀 다른 발음입니다. 대한민국 영어권에서는 f를 p 'ㅍ-sound' 발음으로 말하는 경우가 많은데, 아쉽게도 그 발음을 들은 영어권 사람들은 p로 시작하는 단어를 연상합니다.

저의 또 다른 영어 선생님 Daniel Hurt와 일주일간 매일 저녁 두 시간씩 만나 f 발음에 관해서만 얘기를 나눴습니다. Daniel Hurt의 발음은 아무리 들어도 알 수 없는 묘한 발음으로 들려왔습니다. 'ㅃ'에 가까운 'ㅍ' 발음이었습니다.

최신판 중고등학교 영어단어 숙어집에 나오는 한글 발음 그대로 'ㅍ' 발음을 하면 단호하게 "No, no, no! James!"를 연발했습니다. 'ㅍ' 발음은 절대로 아니라는 것입니다.

face 페에스/fact 펙터리/fair 페어/fairy 페에리/fall 포올/far 파아/fashion 패션/fear 피어/feel 피일/feeling 피일링/film 필름/find 파인드/finger 핑거/fire 파이어/flight 플라이트/flower 플라우어/fly 플라이/fog 포오그/follow 팔로우/food 푸우드/foreign 포오린/forget 퍼게트/form 폼/forty 포티/free 프리이/fresh 프레쉬/future 퓨우처 etc.

'ㅃ' 발음 (빠, 뻐, 뻬)가 아닌 (뺘, 뼈, 뛰)로 발음을 하면 자기 발음하고는 약간 다르다는 묘한 웃음과 함께 고개를 약간 돌렸다가 오케이 사인을 주었습니다. 그날 공부한 것을 매일 녹음해 밤에 듣고, 또 그 다음 날 다시 f 발음을 연습했습니다. 일상생활에서 가장 많이 사용하는 단어가 f에 들어 있어 일주일 내내 f-sound만 가지고 물고 늘어졌습니다.

Daniel Hurt에게 아래 단어를 발음할 수 있는지 물었습니다.

'빨리빨리', '빨갱이', '빨치산', '빨래', '빨강', '빵빵', '뽕나무', '뽕짝' etc.

Daniel Hurt는 영어 발음의 p하고는 전혀 다른 f-sound라는 확신을 가지고 아무리 발음하려고 애를 썼지만, 결코 따라 할 수 없었습니다. 제가 만난 영어권 사람 가운데 오타고대학에서 영어를 전공한 Mrs. Dee 선생님만 f-sound를 'ㅃ'(빠, 쀠, 쀄) 소리로 정확하게 발음했습니다.

이민 초창기 시절, 저희 가족은 남섬 Queenstown에 산 적이 있었습니다. 여왕이 살 정도로 아름답다는 곳입니다. 그때 저희는 Fernhill이라는 동네에 집을 갖고 있었습니다. 동료들과 어울려 술을 마시고 나면 자연스럽게 택시를 타고 집에 갈 수밖에 없었습니다. 택시 기사들에게 '펀힐'이라고 말하면, 기사는 내 말을 알아듣지 못했습니다. 대여섯 번 목에 힘을 주고 말해야 그제야 알았다는 듯이 Fernhill에 내려주었습니다. 그러기를 무려 3년이나 했습니다. 바로 제 발음이 문제였습니다.
무엇보다 f 발음이 p 'ㅍ' 발음으로 들리지 않아야 합니다. p로만 들리지 않으면 영어권 사람들 누구나 f로 금방 알아들어 f에서 시작하는 단어를 연상합니다. 만약에 p 'ㅍ'로 들리게 되면 p에서 시작하는 단어를 떠올립니다.

영어에서 'v, w, x, y, z'를 합한 것보다 훨씬 더 많은 단어가 f로 시작합니다. 'ㅃ'이 없는 영어권 사람들이 하기 힘든 발음을 우리는 누구나 쉽게 구별해서 사용할 수가 있습니다.
아래 단어가 'ㅍ' 발음이 되면 영어권 사람은 들은 그대로 p에서 시작하는 단어를 머릿속에서 연상합니다. 영국은 발음의 혼돈이 올 수 있는 f-sound와 p-sound는 똑같은 단어를 하나도 만들지 않았습니다.

단어	새 한글 발음	잘못된 발음	사전에 없는 단어
faith	쀠에이-쓰	페이스	peis
failure	쀠에이류-어-r	페일러	paeler
fair	쀠에어-r	페어	peir
fairy	쀠에어-r이	페어리	pairy
faith	쀠에이-스	페이스	peis
fall	뽀어—ㄹ	포올	pol
fashion	쀠에셔-어-ㄴ	패션	pesion
fear	쀠이어-r	피어	pea
fellow	쀠에-ㄹ로오우	펠로우	pelow
ferry	쀠에-r뤼이	페리	peri
fern	쀄어-r-n	퍼언	pern
few	쀼-우	퓨우	peu
field	쀠이-ㄹ-드	피일드	pild
fight	쏴이-ㅎ트	파이트	pait
fill	쀠이—ㄹ	필	pill
final	쏴이나아-ㄹ	파이날	pinal
find	쏴이-ㄴ드	파인드	paind
fine	쏴이—ㄴ	파인	pain
finger	쀠이-ㄴ거어-r	핑거	pingger
fire	쏴이어-r	파이어	paire
first	쀄어-r스트	퍼어스트	perst
five	쏴이-쀼으	파이브	paib
fix	쀠이-크스	픽스	pix
fly	쁘라이	플라이	ply
fog	뽀오그	포오그	pog
folk	뽀오-ㄹ크	포우크	pouk

follow	빠아-ㄹ로오우	팔로우	pallow
fool	뿌우―ㄹ	푸울	pul
football	뿌우-ㅌ보오―ㄹ	풑 보올	putbol
for	뿌오-ㅓ	포오 po	po
forget	뿌어-r게에-ㅌ	퍼게트	perget
form	뿌오-r-ㅁ	포옴	pom
forth	뿌오-r-ㅆ	포오스	pos
foul	빠아우-ㄹ	파울	paul
four	뿌오―r	포오	poo
fox	뿌오-ㅋㅆ	팍스	pax
friend	쁘뤠-에-ㄴ-드	프랜드	plend
fruit	쁘루우-ㅌ	프루우트	plut
full	뿌우―ㄹ	풀	pul
fun	뿨어-ㄴ	펀	pun

v 발음은 '쁘', b 발음은 'ㅂ' 발음으로

강한 v 발음과 부드러운 b 발음은 전혀 다릅니다. 상대방이 v 발음을 b 발음 'ㅂ'으로 들으면 절대로 안 됩니다. 아래 단어를 한영사전 그대로 옮기면 다음과 같습니다.

victory '빅트리'나 '빅터리'.

이렇게 발음하면 어떤 문제가 발생할까를 생각해 봅시다.

1. 스펠링을 다 말하지 않은 상태입니다.

2. 이미 '빅'으로 시작해 영어권 사람들은 부드러운 b로 시작하는 단어를 연상합니다. 'bictory'.

3. '빅' 이라는 받침으로 들어가면 'vic-'라는 3개의 소리가 하나로 들려 영어권 사람들은 알아듣질 못합니다.

victory의 경우, '쀠이-ㅋ토오-r이'나 '쀠이-ㅋ토오뤼이'라고 발음해야만 스펠링 하나하나를 모두 발음한 상태로 이해합니다. 이와는 반대로 부드러운 b 발음을 'ㅃ'발음으로 해서는 안 됩니다. b 발음은 부드러운 'ㅂ' 발음으로 해야만 됩니다. 한국 사람들은 반대로 발음하는 경우가 대부분인데 많은 연습을 해야만 합니다.

battery를 '빨데리/ 빠테리'로 발음하면 안 됩니다. 발음 기호를 만들어 사용하는 미국계는 '베에-ㅌ터어-뤄', 발음 기호의 필요성을 느끼지 않는 영국계는 스펠링이 있는 그대로 '바아-ㅌ테에뤼이'라고 발음합니다. 두 방법으로 발음이 가능한 모든 단어의 첫 번째는 발음 기호를 만든 미국계 발음이고, 두 번째는 발음 기호의 필요성을 느끼지 않는 영국계 발음이라고 생각하면 됩니다. 어떤 발음으로 해도 모든 자음에 모음이 따라붙는 발음이면 영국계도 미국계도 쉽게 알아듣습니다. 이미 단어 연상이 가능하도록 만들어진 발음입니다. 영어권에서는 매우 중요한 발음이라 DVD를 보고 많이 따라 하면 좋습니다.

단어	새 한글 발음	알아듣기 힘든 발음
vacancy	쀄이-ㅋ어-ㄴ씨이, 또는 쀄이커어-ㄴ씨이	베이컨시
valley	쀄에-ㄹ리-이	벨리
value	쀄에류-으	밸류
valve	쀄에-ㄹ-쁘으, 또는 쀄에-ㄹ쁘으	밸브
variety	쀄어-r아이어티-티, 또는 쀄롸이어티이	버라이어티
vehicle	쀄에히이-ㅋ으-ㄹ, 또는 쀄에히이크으-ㄹ	비이이클
venture	쀄에-ㄴ춰-어-r	벤처
very	쀄에-r이, 또는 쀄에뤼이	베리
vest	쀄에스트	베스트
victory	쀄이-ㅋ토오-r이, 또는 쀄이-ㅋ토오뤼이	빅트리, 또는 빅터리
village	쀄이-ㄹ리이-쥐, 또는 쀄이-ㄹ리이쥐이	빌리지
view	쀼-으우, 또는 쀄이-우	뷰우
vision	쀄이저-어-ㄴ	비젼
visit	쀄이지이-트, 또는 쀄이지이트	비지트
voice	쁘오이-스, 또는 쁘오이스으	보이스
volume	쁘오류우--ㅁ	발륨

180

영어권은 'ㅃ' 소리가 글자로 만들어질 수 없습니다. 한글의 'ㅃ'을 빌려서 사용하는 발음입니다. 영어는 v와 b 발음 구분이 스펠링으로 확실하게 구분되지 않습니다. b로만 들리지 않는다면 영어권 사람들은 v 발음으로 듣게 됩니다. 말을 하는 직업이나 말을 잘하는 사람 대부분은 한글의 'ㅃ' 발음을 많이 사용합니다.

b는 반드시 ㅂ-소리로 발음하는 새 한글 발음

단어	새 한글 발음	한영사전 발음 비교
back	베에—ㅋ	백
bad	베에드	베드
bag	베에-ㄱ	백
balance	베에-ㄹ어-ㄴ-스, 또는 바아라아-ㄴ스으	밸런스
band	베에-ㄴ드	밴드
bank	베에-ㄴㅋ	뱅크
baseball	베이스으보오—ㄹ	베이스보울
basket	베에스케에—ㅌ, 또는 바아스케에—ㅌ	베스켙
beat	비이—트	비이트
before	비이-ㅃ오어-r, 또는 비이뽀오어-r	비포오
believe	비이-ㄹ이-ㅃ으, 또는 비이리이쁘으	빌리이프
better	베에-ㅌ터어-r	배터
book	부우—ㅋ	북

단어	새 한글 발음	알아듣기 힘든 발음
borrow	버오-r뤄오우, 또는 보오-r로오우	보오로우
boy	보오이	보이
bridge	브-r이-ㄷ-쥐, 또는 브뤼이-ㄷ쥐이	브리지
building	뷔-이-ㄹ디이-ㅇ	빌딩
busy	비이지이	비지
but	바아-ㅌ	버트
buy	바아이	바이

영어와 한글은 모두 소리글자입니다. v는 강한 소리여서 힘이 있거나 강인한 또는 각이 있는 단어를, b는 부드러운 소리여서 모양이 둥글 거나 부드러운 상태의 단어를 만듭니다.

한글도 'ㅂ'이 들어가면 봄비/ 보슬비/ 바람/ 밤 안개/ 바구니 같은 부드러운 말이, ㅃ이 들어가면 빨갱이/ 빨치산/ 빨래/ 빨강/ 빨리빨 리/ 뾰로통/ 빡빡 같은 어감이 강한 단어가 만들어집니다.

ph-는 f-sound, 한글의 'ㅃ'발음으로

대한민국 700만 학생이 헷갈리는 발음 가운데 하나가 ph-로 시작하는 발음입니다. 왜 영어권 사람들은 ph- 발음을 f-sound인 'ㅃ' 소리로 발음할까요? 이 문제를 우리 학생들이 확실하게 짚고 넘어가야만 발음으로부터 자유로울 수 있습니다. 이 문제를 풀어가려면 우리 생각보다는 먼저 영어권 사람들 생각을 살펴봐야 합니다.

한글 'ㄲ, ㄸ, ㅃ, ㅆ, ㅉ'에 해당하는 영어 kk, dd, bb, cc, gg는 스펠링으로 만들어질 수가 없습니다. 따라서 발음상의 혼돈을 피하려고 어쩔 수 없이 'ㅃ'을 빌려 사용하고 있습니다. 영어는 받침이 없는 나열식 언어라 말 자체가 밋밋하게 될 가능성이 큽니다. 그 때문에 어감이 강한 'ㄲ, ㄸ, ㅃ, ㅆ, ㅉ'을 많이 사용합니다.

ph-sound, 'ㅃ' 새 한글 발음

단어	새 한글 발음
pharmacy	쁘-아-r마아씨이
philosophy	쀠-이-ㄹ오쏘오-ㅍ히이, 또는 쀠이로오쏘오쀠-이
phone	뽀-오-ㄴ
photograph	뽀-오-ㅌ오그-r아-ㅍ, 또는 뽀오토오그롸아-ㅍ
physical	쀠-이지이-ㅋ아-ㄹ, 또는 쀠이지이카아-ㄹ
physics	쀠-이지이-ㅋ스

pa-는 'ㅍ'으로 발음하는 새 한글 발음

단어	새 한글 발음
palace	페에-ㄹ이-스, 또는 파아레이스으
panorama	파아-ㄴ오롸아-ㅁ아, 또는 파아노오롸아ㄱ아
papa	파아-ㅍ아, 또는 파아파아
par	파아-ㄱ
park	파아-ㄱ크
part	파아-ㄱ트
partial	파아-ㄱ샤-아-ㄹ
particular	파아-티이큐우라아-ㄱ
party	파아-ㄱ티이
path	파아-쓰

phi- 또는 phy-를 'ㅃ'로, pi-는 'ㅍ'으로 하는 새 한글 발음

단어	새 한글 발음
pianist	피이아-ㄴ이스트, 또는 피이아니이스트
piano	피이아-ㄴ오, 또는 피니아노오
picture	피이-ㅋ춰-어-ㄱ
piece	피이-스, 또는 피이-스으
pill	피이-ㄹ
pillow	피이-ㄹ로오우
pin	피이-ㄴ
pink	피이-ㄴ크
pistol	피이스토오-ㄹ
pity	피이-ㅌ이, 또는 피이티이

ph-를 f-sound '삐'발음으로 하면 가장 쉽게 단어의 시작인 ph-를 머리에서 떠올리고, p 단어에서 오는 '피'발음과의 혼돈을 막게 됩니다. 예를 들면, ph-로 시작하는 단어 ph-one은 fh-로 시작하는 fh-one으로 단어를 하나도 만들지 않았습니다. 그러므로 pha-, phi-, pho-는 '삐'으로 발음해도 전혀 문제가 되지 않습니다.

단어	새 한글 발음
pocket	포오-ㅋ케에-ㅌ
poem	포오이-ㅁ
poison	포오이즈으-ㄴ
poker	포오-ㅋ어ㅜ, 또는 포오커어ㅜ
police	포오-ㄹ이스, 또는 포오리이스으
polite	포오라이-ㅌ, 또는 포오라이트으
pool	푸우-ㄹ

새 한글 영어 발음 9계명

ca- '카아', ka- '까아'로 발음해 소리의 혼돈을 피해야

'발음은 사람마다 나라마다 똑같을 수 없다.'

남한 사람과 북한 사람의 소리가 다를 뿐만 아니라 동서남북 전국 팔도에 사는 우리나라 사람들도 조금씩 다른 발음으로 말을 합니다. 그러나 누구나 다 받침이 있는 소리를 기본으로 하고 있습니다.

영어를 공용어로 사용하는 나라 역시 나라마다 발음이 다를 수밖에 없습니다. 그러나 이들은 모두 받침이 없는 소리를 기본으로 만들어 갑니다. 받침을 모두 옆으로 나열시킨다는 기본적인 생각을 바탕으로 영어권 사람들과 얘기해야 합니다. 받침이 있는 '찹쌀떡' 발음과 받침이 없는 '차아-ㅂ 싸아-ㄹ 떠-어'은 소리 자체가 다릅니다. '찹쌀떡'은 세 글자 모두 받침이 들어가는 소리여서 장단을 넣을 자리가 없습니다. 이 소리에 장단을 넣으려면 반드시 소리를 옆으로 나열시키는 '차아-ㅂ 싸아-ㄹ 떠어-ㄱ'이라는 발음이 필요합니다.

모스번 깡촌에서 저랑 가장 친한 친구가 모스번초등학교 교장 선생님인 Mr. PB입니다. 영한사전, 영어 교과서, 영어 회화, 영어 영문법 등 영어와 관련된 것 가운데 조금이라도 의문이 생기면 밤늦은 시간에도 그의 집으로 찾아갑니다. 그는 제 친구이기 때문에 Mr. PB가 아닌 Andrew라는 이름으로 부릅니다. 어느 날, 발음 문제에 도움말을 얻고자 Andrew가 있는 학교를 방문했습니다.
Andrew는 뉴질랜드 초등학교 Junior(만 5~8세) 학생이 볼 수 있는 발음책 한 권과 Senior(만 9~12세) 학생이 볼 수 있는 또 다른 발음책 한 권을 미리 준비해 놓고 있었습니다.
그는 영어권에서는 'v=f-sound', 'ph=f-sound'라고 말하면서, 발음은 All the time is different.라고 알려 주었습니다. 완벽한 소리글자가 아니므로 사람마다 조금씩 다르게 말한다는 의미였습니다. Andrew는 www.spelling.co.nz에 들어가면 많은 정보를 얻을 수 있다고 도움말을 주었습니다.

Ko-'ㄲ'으로 발음하는 새 한글 발음

단어	미국실 발음	영국식 발음
Korea	꼬오-r이아	꼬오뤠에아
Korean	꼬오-r이어-ㄴ	꼬오뤠에아-ㄴ
Koreatown	꼬오-r이아타아우-ㄴ	꼬오뤠에아타아우-ㄴ
Korean War	꼬오-r이어-ㄴ 워어-r	꼬오뤠에아-ㄴ 워어-r
Kotex	코오-ㅌ에-ㅋ스	코오테에-ㅋ스

ca-로 시작하는 단어에서 이미 'ㅋ'-소리를 썼기 때문에, 발음의 혼돈을 피하려고 ka-로 시작하는 단어는 한글의 'ㄲ'-소리를 사용하는 것입니다.

영국은 ca-로 시작하는 단어는 ka-에서 발음상 혼돈이 올 가능성이 있어 똑같은 단어를 하나도 만들지 않았습니다. 일상적인 대화에서 사용하는 모든 단어는 이미 ca-sound에서 만들었으므로, 발음상 혼돈이 있을 수 있는 ka-sound에서는 똑같은 단어를 하나도 찾아볼 수 없습니다. ka-sound는 글자는 없지만, ca-로 시작하는 단어와의 혼돈을 피하려고 한글의 'ㄲ'-소리를 빌려서 사용하는 발음입니다.

ca-로 시작하는 'ㅋ-sound' 새 한글 발음

단어	새 한글 발음
cable	케이-ㅂ으-ㄹ, 또는 케이브으-ㄹ
cacao	카아카-오, 또는 키이키이오
cage	케이-쥐, 또는 케이쥐이
cake	케이-ㅋ으, 또는 케이크으
calendar	케에-ㄹ에-ㄴ다아-r, 또는 카아레에-ㄴ다아-r
call	코오-ㄹ
camera	카아-ㅁ에-r아, 또는 카아메에롸아
camp	케에-ㅁ프
campaign	케에-ㅁ페에이-ㄴ
candle	케에-ㄴ드으-ㄹ
can	케에-ㄴ
cap	케에-ㅍ
capital	케에-ㅍ이-ㅌ아-ㄹ, 또는 케에피이타아-ㄹ
carbon	카아-r 보오-ㄴ
career	케에-r이어-r, 또는 케에뤼이어-r
cargo	카아-r 고오
carry	케에-r뤼이
cartridge	카아-r 트뤼이-ㄷ쥐이
cash	케에-쉬
cast	케에스트
casual	케에주우어-ㄹ
cat	케에-ㅌ
cause	코오우-즈, 또는 카아우즈으

ka로 시작하는 'ㄲ'-소리, 한글 발음

단어	새 한글 발음
kangaroo	께에ー〇거어ㅓ-우, 또는 까아ー〇거어로오우
karaoke	까아ㅜ아오-ㅋ에, 또는 까아롸오케에
Karate	까아ㅜ아-ㅌ에, 또는 까아롸아테에
Kauri	까아우ㅜ이, 또는 까아우뤼이
kayak	까아야ㅡㅋ, 또는 까아야아ㅡㅋ

한국에서 사용하는 kakao는 cacao 열매가 땅에 떨어지면서 나는 소리
를 'talk talk talk'로 생각해 나온 말일 가능성이 큽니다. 영영사전에
이미 cacao라는 단어가 있으므로, kakao라는 단어는 영영사전에 올라
갈 가능성이 희박한 단어입니다.

talk '토오-ㄹ크' 발음은 tal-까지만 발음하면 단어 연상이 다 된 상
태이므로 마지막에 오는 k 발음은 약하게 해도 문제가 없습니다. 모
든 English-sound의 마지막 스펠링은 이미 앞쪽 발음에서 단어가 연
상된 상태이므로 아주 약한 소리가 됩니다. 미국계는 거의 발음하지
않습니다.

Spelling 2개가 겹치는 ff, pp, ss, tt etc. 발음을 확실하게 한다

뉴질랜드 남섬 오지에서 13년이라는 긴 세월 동안 살면서 해결이 안 되었던 발음 하나가 바로 모스번, 'Mossburn' 이었습니다. Mossburn은 제가 사는 동네입니다. 수많은 사람에게 묻고 또 물어도 해답을 찾을 수 없었습니다. '모스번', '모쓰번', '모오스버어-ㄴ', '모오쓰버어-ㄴ'. 이렇게 몇 번씩 말해야만 현지인들이 겨우 알아들었습니다. 웬만하면 눈치로도 알 것 같은데 눈치 제로인 그들로서는 그 어떤 단어보다 알아듣기 힘든 발음이었습니다. Mossburn은 'moss' 와 'burn' 이라는 두 개의 단어로 (모오-ㅅ스 버어-r-ㄴ) 이라고 발음해야 합니다.

6개월 전 제가 운영하던 휴게소를 아들에게 넘기고 앞으로는 글만쓸 목적으로 전에 사놓은 Lumsden Motor Camp로 들어갔습니다. 휴게소에서 자동차로 20분 거리에 있습니다. 텐트촌을 겸한 자동차 캠프장이라고 생각하면 이해하기 편합니다. 어느 날, 양보다 덩치가 큰 알파카를 구경하기 위해 찾아온 Lawrence와 이야기를 나눴습니다. 캠프장에는 관상용으로 아홉 마리의 알파카를 방목해 놓았습니다. Lawrence는 중국을 상대로 비즈니스를 하고, 한국에도 몇 번 다녀온 친구입니다. 중국 사람에게 영어를 많이 가르친 선생님이기도 합니다.

말끝마다 Yes '예스', No '노', Yep '야-ㅂ'이 입에 달고 말하는 저에게 반드시 Yes는 '예에스', No는 '노오'라고 말하도록 가르쳐 주었습니다. 가능하면 Yep은 '야아-ㅍ'으로 대답하지 말라고 했습니다. 대략 20~30번 정도는 Yes '예에스'를 따라 한 것 같습니다. 이미 알고는 있었으나 습관이란 게 워낙 무서워 말만 하면 '예에스'가 아닌 '예스'가 입에서 나왔습니다. 꾸준한 연습 덕분에 이제는 자연스럽게 Yes '예에스', No '노오'가 저절로 나옵니다.

Yes '예에스'가 original English sound이며, '예스'는 European-sound라는 것을 알고 있으면서도 Yes '예에스'라고 대답하는 게 쉽지 않았습니다. 그만큼 내 영어 발음에 문제가 많았던 것입니다. 그날 한 시간 정도 함께 공부했고, 공부한 내용을 녹음해 수십 번 들었습니다. 그날 밤늦게 Mossburn의 -ss 발음에 대한 답을 찾아냈습니다. 이번에 다시 전체적으로 발음 정리를 하면서 새 한글 발음 십계명에 넣게 되었습니다. 지금도 잠깐잠깐 들러 차를 나누고 있는 제 친구 Lawrence에게 이 자리를 빌려 고마운 마음을 전합니다.

스펠링 두 개가 겹치는 새 한글 발음

단어	새 한글 발음
accountancy	어-ㅋ카우-ㄴ터어-ㄴ씨이
addition	어-ㄷ디이셔어-ㄴ
address	어-ㄷ드ㄱ에-ㅅ 스, 또는 어-ㄷ드뤠에-ㅅ 스
affair	어-ㅃ뻬에어-r
apply	어-ㅍ프라이
appoint	어-ㅍ포이-ㄴ트
approach	어-ㅍ프-r-어-취, 또는 어-ㅍ프뤄어-취
arrive	어-r롸이--쁘, 또는 어-r롸이쁘으
assign	어-ㅅ싸이-ㄴ

assure	어-ㅅ슈우어-r
attitude	에-ㅌ티이튜우-드, 또는 에-ㅌ티이듀우드으
baggage	베에-ㄱ귀이쥐이, 또는 베에-ㄱ게에쥐이
balloon	바아-ㄹ루우-ㄴ, 또는 버어-ㄹ루우-ㄴ
billiards	비이-ㄹ리이아-r드ㅅ
bloom	브루우-ㅁ
brilliant	브뤼이-ㄹ리이언트
cannon	케에-ㄴ너어-ㄴ
career	커어-r이어-r
cassette	카아-ㅅ쎄에-ㅌ트으
coffee	커어-ㅃ쀠-이
dilemma	디이-ㄹ에-ㅁ마아, 또는 디이레에-ㅁ마아
disappoint	디이스어-ㅍ포이-ㄴ트
effort	에-ㅃ뽀오-r트
fifteenth	쀠이-ㅃ티아-ㄴ 쓰, 또는 쀠이쁘티이-ㄴ 스
flatter	쁘-ㄹ에-ㅌ터어-r, 또는 쁘레에-ㅌ터어-r
groggy	그-r오-ㄱ-기, 또는 그뤄오-ㄱ기이
illegal	이-ㄹ리이거어-ㄹ, 또는 이-ㄹ리이가아-ㄹ
irregular	이-r뤠에규우-ㄹ아-r, 또는 이뤠에규우라아-r
lesser	레에-ㅅ써어-r
marriage	메에-r뤼이-쥐, 또는 메에-r뤼이쥐이
mellow	메에-ㄹ로오우
moss	모오-ㅅ 스
offer	오-ㅃ쀠어-r
office	오-ㅃ쀠이-ㅅ, 또는 오-ㅃ쀠이스으
passenger	페에-ㅅ씨이-ㄴ쥐어-r
reappear	뤼어어-ㅍ피이어-r

recommend	뤼이커어-ㅁ메에-ㄴ 드
ripple	뤼이-ㅍ프으-ㄹ
rugged	뤄어-ㄱ기이드
shatter	샤아ㅡㅌ터어-r
shutter	셔어-ㅌ터어-r
sheep	쉬이-ㅍ, 또는 쉬이-프
slipper	스-ㄹ이-ㅍ퍼어-r, 또는 스리이-ㅍ퍼어-r
snuff	스-ㄴ어-ㅃ쁘, 또는 스너어-ㅃ쁘
sorrow	쏘오-r로오우, 또는 써어-r뤄어우
summary	써어-ㅁ머어-r이, 또는 써어-ㅁ머어뤼이
sunny	써어-ㄴ니이
support	써어-ㅍ포오-r트
symmetry	씨이-ㅁ메에트-r이, 또는 씨이-ㅁ메에트뤼이
tatter	테에-ㅌ터어-r, 또는 타아-ㅌ터어-r
terrible	테에-r뤄어-ㅂ으-ㄹ, 또는 테에-r뤼이브으-ㄹ
village	쀠이-ㄹ리이-쥐, 또는 쀠이리이쥐이
wallet	워어-ㄹ레에-ㅌ, 또는 와아-ㄹ레에트
warrant	워어-r뤄어-ㄴ트
wheel	휘-이-ㄹ
worry	워어-r뤼이
zoom	즈우-ㅁ
zipper	지이-ㅍ퍼어-r, 또는 찌이-ㅍ퍼어-r

s-와 c-로 시작하는 'ㅅ' 또는 'ㅆ' 발음

단어	새 한글 발음
celebrate	쎄에-ㄹ이-ㅂ뤠이-트, 또는 쎄에리이브뤠이트으
cell	쎄에-ㄹ
cent	쎄에-ㄴ트
central	쎄에-ㄴ트롸아-ㄹ
certain	쎄어ㅓ트으-ㄴ, 또는 쎄어ㅓ테이-ㄴ
ceremony	쎄에-ㅓ에머어-ㄴ이, 또는 쎄에뤠에머어니이
sad	쎄에드
safe	쎄이-ㅃ으, 또는 쎄이쁘으
sail	쎄에이-ㄹ
sale	쎄이--ㄹ
scan	스케에-ㄴ
school	스크우-ㄹ
score	스코오어ㅓ
scrap	스크뤠에-ㅍ, 또는 스크롸아-ㅍ
ship	쉬-이-ㅍ

영어권 사람은 s-와 c-발음을 'ㅆ'으로 많이 사용합니다. 겹치는 단어가 하나도 없어 발음 가는 대로 편하게 발음해도 영국 사람, 미국 사람 모두 쉽게 알아듣습니다. 예를 들면, s-로 시작하는 s-chool은 c-로 시작하는 c-chool로 만들지 않았습니다. c-는 'ㅆ'발음으로, s-는 'ㅅ 또는 ㅆ'발음으로 하는 게 좋습니다. c-가 s-보다 발음이 강하게 납니다.

〈세종 새 한글 Korean, English:대한민국을 열어 가는 힘〉에 나오는 한글화 된 영어 표기는 새 한글 발음 표기로 모두 썼다가 다시 고치게 되었습니다. 대한민국 영어권 또는 정부가 새 한글 발음을 충분히 검토해 주시기를 부탁합니다. 고맙습니다.

'고독한 시베리아의 범', 왜 오지에 묻혀 살까

잘 나가던 병원 사업 순식간에 망해… 남섬 퀸스타운에서 차로 90분 거리에 터 잡아

일요시사는 창간 10주년을 맞아 뉴질랜드 이민 열전을 싣는다. 뉴질랜드 이민 역사에서 10년 이상 한 길을 걸어온 사람 가운데 뒷세대에게 기록을 남겨도 좋을 만한 사람을 선정했다. 그 공과(功過)는 보는 사람에 따라 충분히 다른 견해가 있을 수 있다. 하지만 이 기록을 통해 이민사가 새로운 시각에서 읽히기를 바란다. '역사는 기록하는 자'에 의해서 만들어진다는 것을 믿는다. (편집자)

첫눈에 풍운아처럼 느껴져, 인상도 비범해

'순간 포착-세상에 이런 일이.'

한국 SBS에서 방영되고 있는 프로그램 이름이다. 벌써 환갑을 넘긴 임성훈과 새침데기 미녀 박소현이 진행하는 이 프로는 1998년 첫 전파를 탔다. 스무 해 가깝게 한결같이 텔레비전 화면을 장악한 이유는 그만큼 시청자들의 사랑을 받았다는 방증이다. 등장인물은 아주 유별나거나 괴팍한 사람들이다. 우리 주위에서 쉽게 보기 힘든 사람들이 주인공으로 나온다.

나는 이 프로를 보면서 '아, 세상에 별의별 사람이 다 있네'하는 생각이 들었다. 벌써 눈치 있는 사람들은 짐작했겠지만 50대 중반부터 60대 중반까지의 남자들이 대부분이다. 누구도 대신할 수 없는 자기 인생을 한 번 멋지게(?) 살아보겠다는 처절한 몸부림처럼 다가왔지만, 볼 때마다 묘하고도 색다른 매력을 느끼게 해 줬다. 그러면서 '나도 언젠가 한번 저런 인생을 살아야 할 텐데…' 하는 부러움을 갖게 됐다.

지난 7월 말, 나는 3박 4일 일정으로 퀸스타운행 비행기에 올랐다. 두 시간에 걸친 비행 끝에 공항에 내리자 기다렸다는 듯이 칼바람이 몰아쳤다. 남극 빙하의 공기라도 밀려왔는지 남섬의 추위를 순간 실감했다. 트랩에서 내려 대기실로 터벅터벅 걸어갔다. 입구 바로 앞에 베레모를 쓴 한 남자가 나를 기다리고 있었다.

첫눈에 그는 '풍운아'처럼 보였다. 인상부터 비범했다. 배낭 하나 걸머지고 성큼성큼 앞서 걸어갔다. 오클랜드에서 취재 온 나와 '기 싸움'을 벌이기라도 하는듯 싶었다. 나는 파카 점퍼를 목까지 끌어 올렸다. '세상에 이런 일이…', 그렇다. 퀸스타운에는, 아니 뉴질랜드에는 이런 일(사람)이 있었다는 것을 나는 독자들에게 알려주어야만 했다. 그와 함께한 72시간을 여기에 기록한다.

한국 사람 한 명 없는 곳에서 13년째 살아

권영진. 그는 퀸스타운에서도 차로 1시간 30분 거리에 있는 모스번 (Mossburn)이라는 작은 도시에 산다. 도시라고 할 수도 없다. 그냥 시골 마을이라고 하는 게 어울린다. 한국 사람은 권 씨 가족 외에는 한 명도 없다. 현지 주민도 기백 명에 불과하다. 한국으로 따지면 오지 중의 오지라고 해도 과언이 아니다. 그는 그곳에서 13년째 살고 있다. 그의 직업은 휴게소 대표이다. 쉽게 생각해 좀 규모가 큰 데어리 숍 (Dairy Shop) 주인이라고 보면 된다.

"날씨가 꽤 춥네요."

내가 인사치레로 말을 건넸다.

"이 정도 날씨면 봄날이지요. 며칠 전만 해도 귀가 떨어져 나갈 정도로 맹추위가 기승을 부렸어요. 박 선생이 좋은 날 온 거지요."

그는 이 정도 날씨는 추위 쪽에 끼지도 못한다는 듯이 말했다. 그러면서 교통사고 얘기를 덥석 꺼냈다. 한 주 전, 그는 큰 교통사고를 당했다. 밤늦게 운전하다가 차가 빙판에 밀려 전복된 것이다. 차는 폐차됐지만, 다행히 몸은 무사했다. 그는 마치 잘 모르는 동네 사람이 겪은 일이라는 듯 그 말을 아무렇지도 않게 했다. 풍찬노숙을 숱하게 경험한 독립투사처럼 한 치의 두려움도 보이지 않았다. 시베리아의 범이 그렇게 살고 있지 않을까, 하는 생각이 들었다.

퀸스타운에서 모스번으로 가는 길,
권영진은 왜 그 먼길까지 가야 했을까?

1954년 뒤주 보관했던 방에서 태어나

권영진은 한국전쟁이 끝난 다음 해인 1954년 경상북도 영주에서 첫울음을 터트렸다. 태어난 곳은 감자나 고구마를 넣어두던 뒤주가 있던 허름한 방. 전쟁 후라 너나없이 다 가난할 때였지만 그의 집은 유독 더 초라했다. 큰아버지 집에 얹혀사는 더부살이를 하고 있었다. 가난이 죄는 아니었지만, 가난밖에 기억나지 않는 어린 추억은 조금 서글펐다.

초등학교 4학년, 영진이의 나이 열 살 때 그의 가족은 강원도 철암으로 삶의 터전을 옮겼다. 공기조차도 깜장 색인 탄광 도시였다. 아버지는 그곳 막장에서 탄을 캤다. 오로지 가족들 입만 생각했다. 먹고 사는 일이 정말로 힘든 시절, 아버지는 가족을 위해 거룩한 희생을 보여 줬다.

어린 영진이는 초등학교와 중학교를 철암에서 마쳤다. 아버지는 하나 뿐인 아들, 영진이를 대처로 유학 보내고 싶었다. 그게 그 당시 아버지가 해야 할 일 가운데 가장 큰 일이었다. 조금 잘 나가는 또래 친구들은 인근에 있는 원주로 떠났다. 공부를 비교적 잘했던 까까머리 영진이는 선생 눈에 뜨여 서울로 보내졌다. 종교 재단이 운영하는 학교였다.

삼육고등학교 3년을 기숙사 생활을 하며 보냈다. 대학도 같은 재단 소속, 삼육대학교였다. 학과는 신학과. '피안의 세상'을 위해 한목숨 바치는 고귀한 성직자(목사)가 되고 싶었다.

그러나 어렸을 때부터 꿈이었던 성직자는 그다음 해 산산조각이 났다. 발단은 우스개 같은 해프닝 때문이었다.

"막 2학년으로 올라갔을 때였어요. 어느 날 한 해 위 선배가 '명색이 목사가 된다는 놈이 청바지를 입고 다녀서야 되겠느냐'며 훈계를 했어요. 나는 젊은 혈기에 반발했지요. '아니 목사하고 청바지하고 무슨 상관이 있느냐'며 따졌어요. 평소 가슴 속에 자리 잡고 있었던 불만이 나도 모르게 튀어나온 것이지요. 그 날짜로 학교를 그만뒀어요. 좀 웃기긴 하지만 결국 청바지 때문에 내 인생이 바뀐 거지요."

성직자 꿈 접고 영화배우의 길로 나서

본의 아니게 성직자의 꿈을 접게 된 그는 정반대인 영화배우의 길로 나섰다. 서울 대한극장 옆 5층에 있는 한 극단 사무실에서 오디션을 봤는데, 덜컥 합격해 버렸다. 1,200명 가운데 40명에 들어 예비 영화배우가 된 것이다. 그때 심사위원장이 박노식, 심사위원이 도금봉, 허장강이었다. 다들 내로라하는 배우들이었다.

"스튜디오 안에서 매일 연기 수업을 받았어요. 지금은 나이가 들어 좀 그렇지만, 그때만 해도 미남 축에 들었고 또 화면발도 잘 받아 좀만 버티면 한 자리 차지할 수도 있었어요. 그런데 도저히 못 견디게 하는 게 있었어요.

바로 단장의 쌍욕이었어요. 그쪽 계통에서는 욕이 없이는 대화가 안됐어요. 신학대학 다닐 때는 전혀 못 들어본 괴상망측한 욕 때문에 결국 여섯 달 만에 배우 꿈도 접었지요. 유명한 영화배우가 됐을지도 몰랐을 텐데 말이지요."

그다음 선택한 것이 방사선사 면허증. 1970년대 중반, 당시만 해도 막태동한 분야라 인기가 좋았다. 면허증만 취득하면 서울대 병원 등 어디든 취직할 수 있었다. 신흥대학교 방사선과 제1회 졸업생. 그는 졸업 후 8년간 휘경동에 있는 서울 위생병원에서 일했다. 그러다가 무슨 바람이 불었는지 4년 후 삼육대학교 간호학과로 편입해 간호사 공부를 했다. 밤에는 일하고 낮에는 간호학을 들었다. 미국으로 가고 싶은 마음이 있어서였다. 그러나 나이팅게일 모자는 쓸 수 없었다.

월급쟁이 생활이 맘에 차지 않았는지 어느 날 느닷없이 잘 다니던 병원을 그만뒀다. 그리고 사업을 하나 차렸다. 병원이었다. 꼭 계급으로 따질 것은 아니지만 간호사, 의사보다 더 높아 보였던 병원 이사장이 맘에 들었다.

국제종합검진센터 열어 돈 긁어모아

지금으로 치면 벤처사업이라 할 수도 있는 국제종합검진센터를 열었다. 방사선사 면허증을 갖고 있어 그 분야에서 어떻게 사업을 펼쳐야 하는지 충분히 알았다. 서울 시내 방사선과 가운데 스물여섯 번째로 간판을 올렸다. 2년 만에 보험청구액이 5위 권에 들 정도로 잘 나갔다. 병원 이사장 권영진은 막말로 돈을 갈퀴로 긁어모았다.

그런데 결국 욕심이 화를 불러일으켰다. 사업 확장을 위해 무리하게 첨단 기계를 들여오면서 감당할 수 없는 빚을 지게 됐다. 일본에서 전신단층 촬영기, 초음파 촬영기 등을 수입해 왔다. 개발리스 값으로 애초 6억을 신청했지만 승인이 난 것은 2억5천만 원에 불과했다. 나머지는 순전히 병원 이사장이 짊어져야 할 몫이었다. 한 달 두 달 시간이 지나면서 운영 자금이 바닥이 나기 시작했다. 버티다 버티다 못해 검진센터를 포기했다. 일 년 만에 벌어진 일이었다. 인생의 무대에서 '병원 이사장' 역할을 맡은 권영진의 영화는 짧았다.

고급 룸살롱을 출근하듯 다니며 숱한 돈을 뿌리던 그는 삼십 대 중반의 삶을 그런 식으로 아쉽게 정리해야만 했다. 마음이 한없이 뒤숭숭

했다. 친구가 살고 있던 태국 방콕으로 떠났다. 머리도 식힐 겸 해서 갔지만, 그의 머릿속은 흰 도화지처럼 하얬다. 젊은 나이에 겪은 실패치고는 너무 큰 실패로 느껴졌다.

그러나 친구가 있었다. 친구도 보통의 친구가 아니었다. 태국 한인여행업계에서 가장 잘 나가던 친구였다. 게다가 그의 부인은 태국 왕족이었다. 오랜 친구가, 그리고 그의 부인이 권영진에게 힘을 실어주었다. 틈만 나면 책상 구석에 앉아 태국어 공부에 매진하던 그에게 어느 날 친구가 물었다.

"영진아, 뉴질랜드 한 번 가 볼래?"

서너 차례 현지 방문을 하고 온 친구가 뉴질랜드 여행 사업 가능성을 믿고 제안했다. 뉴질랜드가 어디에 붙어있는지도 몰랐던 권영진은 한 마디 토도 없이 대답했다.

"언제 떠나면 되지?"

1991년 12월, 권영진은 배낭 하나 메고 혈혈단신으로 오클랜드에 도착했다. 12월의 크리스마스, 상식적으로 전혀 어색하면 안 되는데 이상하게 이글거리는 햇빛 아래 반바지 차림을 한 선남선녀들이 조금은 부담스러웠다. 남의 땅에서 치른 신고식치고는, 웃지도 울 수도 없는 한 컷의 영화 장면 같았다. 〈다음 호에 계속〉

IMF 사태 2주 후, 화이트보드에 방문팀 숫자 '0'

퀸스타운, 중국, 로토루아 돌아 다시 퀸스타운으로…
"깊은 산 속에서 10년만 조용히 살아 보겠다" 결심

'딸내미와 보낸 한 달, 인생 최고의 행복'

'남자는 무엇으로 웃는가?'

나는 인터뷰 도중 갑자기 그게 궁금했다. 그가 너무 진지해 분위기 전환 차원에서라도 좀 색다른 얘기를 듣고 싶었다.

살짝 웃음을 건네며 그에게 물었다.

"살면서 가장 행복했던 때가 언제였나요?"

일 초의 고민도 없이 답이 나왔다.

"딸내미와 보낸 한 달이 내 인생에서 가장 행복한 시간이었어요."

그는 말했다. 어쩌면 더 행복한 표정을 지을 수 없을 것처럼 활짝, 웃었다. 그의 웃음에 나도 덩달아 신이 났다. 환갑을 넘긴 남자가 그렇게 해맑게 웃을 수 있다는 게 반가웠다. 아무리 삶이 힘들어도 자식은

생의 비타민인 것이 분명하다.

현재 오클랜드 대학병원에서 의사로 일하는 딸내미가 초등학교 4학년 때(1993년), 뉴질랜드를 한 달간 놀러 온 적이 있다. 여름방학을 맞아 아빠를 만나기 위해서였다. '풍운아'의 딸답게 열 살 꼬마 아이가 혼자 남태평양을 건너왔다. '명장 밑에 약졸 없다'는 말이 딱 맞았다.

"모터바이크를 이용해 전쟁기념박물관, 미션 베이, 데본포트 등 오클랜드 곳곳을 돌아다녔어요. 아마 교민 가운데 면허 1호가 아닐까 싶어요. 차 대신 모터바이크를 산 거지요. 딸내미를 뒤에 태우고 여행을 다닌 것이 가장 즐거웠던 기억으로 남아 있어요. 그때만큼 행복한 시간이 또 올 수 있을까 하는 생각도 자주 하죠."

3박 4일 둘러보고 퀸스타운 정착 결심

권영진은 1991년 12월 오클랜드에 도착해 서너 해를 뉴질랜드 여행업계의 전설인 친구 음기형 사장의 일을 봐주며 시간을 보냈다. 병원 사업에 실패해 잠시 태국에서 쉬고 있던 그를 뉴질랜드로 보내준 친구였다. 음 사장은 IMF 이후 태국으로 다시 돌아갔다. 지금은 5백여 명의 러시아 직원을 두고 러시아 여행업계의 대부로 활동하고 있다. '빗물도 그냥 마신다'는 뉴질랜드 천혜의 환경에 매혹된 수많은 한국 사람이 이민러쉬를 이룰 때였다. 한인 관광업계도 꼴 잘 먹는 어린 양처럼 하루가 다르게 커가고 있었다.

그는 북섬 관광지 가운데 최고로 꼽히는 로토루아에 터를 잡고 싶었다. 그러나 관광업을 오래 해온 친구가 심사숙고한 끝에 다른 제안을 했다. '퀸스타운에 가서 사업하는 게 어떻겠냐'는 것이었다. 그러면서 전적으로 밀어주겠다는 말도 빼먹지 않았다. 충분히 도와줄 수 있는, 그 누구보다 듬직한 절친(아주 친한 친구)이었다.

얼마 안 있어 권영진은 '여왕이 살 만큼 아름답다'는, 그렇지만 교민 사회에서는 다소 낯설었던, 퀸스타운에 내려갔다. 공항에 도착하자 눈이 내리고 있었다. 퀸스타운이 처음이었던 권영진에게는 서설이나 다름없었다. 3박 4일 둘러본 끝에 결정했다. '여왕의 삶을 살겠다'고. 가게 계약서에 이름 석 자를 넣고 멋지게 서명을 했다. 또 한 번의 모험이 시작되는 순간이었다.

1994년, 만으로 마흔 나이에 식솔을 이끌고 퀸스타운에 둥지를 틀었다. 전체 교민은 그의 가족을 포함, 네 가족에 불과했다. 청교도들이 그러했듯 권영진 가족도 프런티어(개척자) 정신으로 살아야만 버텨낼 수 있었다. 그는 호수가 한눈에 들어오는 이층집 한 채를 사서, 한 지붕 세 가족이 함께 살았다. 그의 가족, 아버지 어머니, 그리고 장인 장모. 이국땅에서는 좀처럼 보기 힘든 아름다운 동거였다.

녹용 판매점, 기념품점 등 업체 4개 열어

처음 문을 연 가게는 퀸스타운 호수를 눈앞에 두고 있는 녹용 판매점.

많은 관광객은 아니었지만, 남섬에 여행을 오는 모든 관광객은 반드시 들렀다. 크라이스트처치와 더니든 등 뉴질랜드 남섬에서 자란 사슴뿔은 최고의 여행 선물이었다.

녹용으로 어느 정도 돈을 모은 권영진은 곧이어 기념품 가게를 하나 냈다. 뒤이어 흑진주(opal) 가게 그리고 그 기세를 몰아 녹혈 공장 전문 매장까지 차렸다. 직원이 열두 명에 달했다. 월급으로 나가는 돈만 해도 수만 달러였다. 한인 업체치고는 제법 모양새를 갖춘 기업(?)이라고 할 수 있었다.

가게 문을 열고 3년을 미풍에 돛달고 항해하듯 순항했다. 오클랜드나 호주를 거쳐온 손님들은 한 번도 써보지 않은 것 같은 국제용 신용카드와 빳빳한 유에스(US) 달러를 앞다투며 내밀었다. 오클랜드와 크라이스트처치에 있는 여행사 손님들이 빼먹지 않고 들렀다. 팀당 수천 달러의 목돈이 권영진 은행 계좌에 차곡차곡 쌓였다. 물만 먹어도 배가 부를 황홀한 기분이었다. 그 흐름이 몇 년만 더 이어졌다면 권영진은 아마 갑부가 되었을 것이다. 그런데… 지금도 숱한 사람이 치를 떠는 IMF가 터졌다. 1997년 11월 말, 어느 날이었다.

하루 이틀이 지났다. 난생처음 당해본 그 난(亂)을 어떻게 대처해야 할지 아무도 알려주는 사람이 없었다. 단군 이래 최초로 겪은 경제적 대재앙은 1만 킬로미터나 떨어져 있던 뉴질랜드도 비켜가지 않았다.

그로부터 2주 후, 그가 운영하는 네 곳의 매장에서 손님 한 명을 찾아볼 수 없었다. 칠판에 빼곡히 적혀 있던 여행 팀 명단이 완전히 지워졌다. 화이트보드가 정말로 '화이트'(White)로 변했다. 그러나 그의 가슴은 블랙보드, 아니 블랙 마인드로 얼룩졌다. 뉴질랜드에서 사업하면서 겪은 최대의 위기였다.

집 팔아도 빚 남아⋯나머진 운명의 손에

"변호사를 찾아가 솔직히 얘기했어요. 내 힘으로는 어쩔 수 없는 일이 발생했다고요. 변호사가 나를 대신해 건물 주인을 찾아다니며 설득했어요. '셔터 아웃.' 말 그대로 물건을 그대로 둔 채 나오는 조건으로 모든 사업을 접었어요. 일하는 사람들도 모두 그만둘 수밖에 없었지요."

IMF 사태는 권영진은 물론 건물 주인에게도 불가항력의 일이었다. 빚잔치는 아니었지만, 권영진은 최선을 다해 건물 주인과 종업원들의 피해를 최소화하기 위해 애를 썼다. 여행사에 선금으로 주다시피한 수수료도 다 날아갔다. 그나 저나 다들 IMF의 피해자였다. 집을 팔아 빚을 다소 정리했다. 그런데도 턱없이 부족했다. 나머지는 운명의 손에 맡겼다.

그렇게 석 달이 흘러 사업은 완전히 정리됐다. 이제 결정할 시간만 남았다. 계속해 퀸스타운에 남아 권토중래를 꿈꾸느냐, 아니면 다른 곳으로 이사해 새 일을 모색하느냐 하는 갈림길에 섰다.

겨울에 하루 한번 퀸스타운을 오가는
시골 버스 기사 친구와 함께.

권영진은 가족들 몰래 리마커블(Remarkable, 2,800m) 산 정상으로
터벅터벅 올라갔다. 그곳에다 텐트를 쳤다. 세 밤을 오로지 성경만 읽
으면서 보냈다. 신학을 하면서 한 번도 뼈저리게 느끼지 못했던 신의
세계를 가장 가까이에서 경험한 날들이었다. 하루 이틀 시간이 지나
면서 지금의 이 고통도 '죽을 만큼 큰일이 아니다'라는 결론을 내렸
다. 한 나약한 인간에게 절대자가 준 선물이었다.

며칠 지나 삶의 근거지를 크라이스트처치로 옮겼다. 대학을 눈앞에
둔 자식들(아들과 딸)의 교육 때문이었다. 어느 정도 삶의 틀이 잡히
자 권영진은 뒤도 안 돌아보고 중국으로 떠났다. 태국에서부터 힘이
되어 준 친구의 조언을 따랐다. 그는 그곳에서 보따리 장사를 했다.
그와 같은 사람들이 한둘이 아니었다. 모두 IMF의 상처를 안고 무조
건 대륙으로 건너간 사람들이었다.

중국에서 8개월간 보따리 장사 하기도

"심양, 하얼빈, 대련 등을 돌아다녔어요. 동대문시장에서 옷이나 모자를 떼어와서 파는 식이었지요. 백화점 들어가는 입구나 체육관 한 귀퉁이를 임대해 매대에 물건을 대충 올려놓고 손님을 끌었어요. 각설이처럼 소리소리 지르기도 했지요. 근데 그게 보따리 장산데 많은 돈을 벌 수 있었겠어요? 그냥 밥값, 술값 정도죠. 대신 경험은 많이 했죠. 그게 남은 거라면 남은 거죠."

권영진은 이 슬픈 얘기를 웃으며, 너무 담담히 말했다. 아무리 지난 얘기라 해도 듣는 이가 무안할 지경이었다. 그러면서 든 생각. '세상에 쉬운 일은 하나도 없다'는 것과 '내가 겪은 고생만 가슴 아픈 게 아니다'는 것.

여덟 달을 아는 사람 하나 없는 중국에서 그렇게 보냈다. 권영진 나름대로 고른 권토중래의 한 방법이었다. 맷집도 어느 정도 세졌다. 바람과 구름을 넘고 넘어 오클랜드로 돌아왔다. 금의환향도 아니고, 그저 조금은 늙수그레한 사십 대 중반 남자의 초라한 귀향이었다.

그러나 퀸스타운에서 사업하면서 평소 쌓은 덕이 있었는지 곧 잡 오퍼를 받았다. 그의 불세출 영업기법을 탐내던 한 회사가 그를 스카우트했다. 로토루아에 있던 녹용 가게였다. 그는 그곳에서 '권 박사'로 통했다. 진짜 박사는 아니었지만, 녹용에 관한 지식만큼은 박사급이라 붙여진 애칭이었다.

"매출의 5%를 주겠다고 했어요. 파격적인 조건이었죠. 한 달에 1만5천에서 많게는 3만 달러 이상을 받았어요. 월급쟁이치고는 거액이었죠. 크라이스트처치에 살고 있던 가족들에게 생활비를 보내주고 나머지는 내 용돈으로 썼어요. 그때나 지금이나 버는 것보다 쓰는 게 많아 돈을 모으지는 못했어요."

'도전 혹은 도피', 50 나이에 새 모험 나서

권영진은 뉴질랜드에 살면서 여러 사람에게 도움을 받았지만 로토루아에서 물심양면으로 힘을 실어준 오클랜드한인회 3대 회장 임영철 씨 부부를 마음의 기쁨으로 간직하고 싶다고 했다.

아침에는 골프를 하고 오후에는 여행 팁을 받고 저녁에는 술 마시던 그 황금 같은 시절은 4년 만에 끝났다. 피치 못한 사정으로 그만두게 됐다. 새천년이 한 해 지난 그때 그의 나이는 50에 가까웠다. 새로운 모험을 하기에는 나이가 좀 들었고, 그렇다고 그냥 맥없이 주저앉기에는 나이가 좀 아까웠다.

짐을 싸서 퀸스타운으로 내려갔다. 권영진은 거기서 세월을 좀 죽였다. 그러다 큰 결심을 했다. '깊은 산 속에 들어가 10년만 조용히 살아 보겠다는…' 그게 위대한 도전인지 아니면 어설픈 도피인지 알 수 없지만, 그 결심을 계기로 그는 대오각성한 선각자가 됐다. 〈다음 호에 계속〉

'주인 행세 못한 주인', 문제는 그놈의 영어 때문

직원 불법 해고로 거액의 수업료 지불…태극기 휘날리며 NZ 일주도

한국, 호칭 사회 아닌 이름 사회로 가야

'나는 누구인가?'

누구는 나를 박 사장이라 부르고, 또 누구는 박 선생이라 부르기도 한다. 사장이라 하는 이유는 조그만 비즈니스를 한 경력이 있어 그렇고, 선생이라 하는 이유는 애들을 좀 가르친 경험(과외)이 있어서 그렇다. 오랫동안 알고 지내는 사람들은 아이들 이름을 빌려 'OO 아빠'라고 부르고, 교회에서는 박 집사라고 부른다. 나는 하나인데 때와 장소에 따라 달리 호칭한다.

내 영어 이름은 Paul(폴)이다. 스무 해 전 이민 와서 우연히 정한 이름이다. 한국 이름을 고집하고 싶었지만, 비즈니스 때문에 키위들이 편하게 부르도록 폴이라는 영어 이름을 사용하게 됐다. 솔직히 말해 이런저런 호칭이 내게는 좀 버겁다. 호칭에 갇혀 거기에 맞게 처신해야 하는 탓이다. 나는 나(폴)로 살고 싶다. 사장이나, 선생은 직함이지 결코 내가 될 수 없다.

한국 사회의 발전을 가로막는 큰 문제 가운데 하나는 바로 호칭 문제라고 생각한다. 그 사람(이름)이 아닌, 직책(호칭)으로 대접받는 사회는 결코 평등한 관계를 유지할 수 없다. 그 틀을 깨지 않는 한 진정한 의미의 선진국 대열에 설 수 없다고 믿는다. 그런 점에서 한국은 호칭 사회가 아닌 이름 사회로 가야 한다. 이 글을 읽는 독자들의 응원을 부탁한다.

모스번 휴게소, 밀포드 사운드 가는 길에 위치

제임스 권(권영진, 글의 문맥 때문에 앞으로는 제임스로 씀)은 2003년 모스번 휴게소(Mossburn Diner)를 인수했다. 데어리 겸 테이크 어웨이(Take Away)를 주로 하는 작은 식당이다. 뉴질랜드 남섬 최대의 관광지라 할 수 있는 밀포드 사운드(Milford Sound)를 가기 위해서는 반드시 거쳐야 하는 목 좋은 곳에 자리를 잡고 있다.

"IMF 사태 때 내 귀찮은 뒤처리를 해준 키위 친구가 있었어요. 퀸스타운에서 변호사로 일하고 있었죠. 내 소식을 어디서 들었는지 나보고 모스번에 가서 사업(?)을 한 번 해보지 않겠느냐고 하더군요. 그렇지 않아도 10년 정도 깊은 산 속에 들어가 도를 닦으려고 했는데, 잘

됐다 싶었지요. 그 길로 물설고 낯설은 모스번으로 들어갔어요."

원래 모스번은 탄광 마을이었다. 일확천금까지는 아니었지만 제 식솔 하나쯤은 충분히 건사할 수 있는, 돈이 마르지 않던 곳이었다. 1백 년 전 찬란했던 영화는 찾아볼 수 없고, 지금은 바람조차도 건조한 오지 중의 오지로 남아 있다. 그나마 밀포드 사운드가 아니었다면 하루 내 내 몇 사람 만나기 힘든 삭막한 마을이었을 것이다.

여섯 달을 가게에서 유령처럼 지내

제임스는 들뜬 마음으로 일을 시작했다. '그래도 뉴질랜드에서 10년 이 넘게 사업을 해왔는데 그까짓 휴게소(데어리) 하나 못 할까' 하는 자신감도 있었다. 한 달간의 인수인계 절차가 끝나고 드디어 제임스 권 이름으로 가게 문을 열었다. 새벽 여섯 시에 기상, 일곱 시면 첫 손 님을 받아야 했다.

그러나 제임스는 명색이 주인임에도 전혀 주인 행세를 할 수 없었다. 돈을 주고받는 계산대에 동네 출신 키위 여종업원이 떡하니 버티고 서 있었다. 이유는, 영어 탓이었다. 제임스가 영어를 못한다는(말귀를 못 알아듣는다는 이유로) 점을 들어 내쳤다. 계산대에서 쫓겨난 제임스는 주방에서도 밀렸다. 쉬운 말로 '안 보이는 게 도와주는 것'이라는 뜻이 었다. 제임스는 물론 그의 부인도 가게에서 유령처럼 지내야 했다.

"완전 주객이 전도된 셈이었지요. 전 주인에게 가게를 물려받으면서 일하는 직원 네 명도 다 인수했어요. 우리 부부가 그쪽 일 경험이 없어 어쩔 수 없었지요. 그런데 한 달 두 달이 지나도 나아질 기미가 안 보였어요. 누가 주인인지 모를 정도였으니까요."

가게 인수 후 여섯 달, 제임스는 마침내 벼르고 벼르던 칼을 조심스럽게 내밀었다. 주인장의 매운맛을 제대로 보여주고 싶었다. 참는 데도 한계가 있었다.

달력 한 장 찢어 직원에게 '해고하겠다' 통보

다음은 그때 그 길고 긴 얘기를 짧게 정리해 본 것이다.

제임스는 키위 직원들에게 경고(Notice)를 날렸다. 달력을 한 장 찢어 이러이러하면 2주 후에 해고하겠다, 하는 통보를 했다. 그 다음 날, 직원 3명이 출근하지 않았다. 일손이 달린 것은 당연한 일. 커피 한 잔 타 본 적 없고, 햄버거 한 번 뒤집어 본 적이 없는 제임스는 당황했다. 담배 이름도 외우지 못한 채 눈치 하나로 손님을 받았다. 그러나 그러면서 일을 배우고, 참 주인이 될 수 있었다.

며칠이 지나도 종업원들은 아무 반응이 없었다. 제임스는 속으로 '키위들은 정말로 신사 숙녀이다'라고 생각했다. 그러나 일주일 후, 그의 집 우체통에 낯선 우편물이 한 통 들어 있었다. 변호사 사무실에서 보낸 것이었다. '~~불라불라, 불법 해고를 했으므로 한 명당 얼마씩을 지급하지 않으면 곧바로 법정에 세우겠다'는 편지였다.

모스번 휴게소 앞. 권영진(제임스)은
마을 주민, 관광객 등 모든 사람을
영어 선생으로 생각한다.

구두 경고, 서면 경고(1, 2, 3차 최종)도 없이 해고하겠다고 한 것이 문제였다. 사실 제임스는 직원들을 자르겠다는 생각보다는 조금 겁을 주려고 했을 뿐이었다. 뉴질랜드 노동법을 전혀 몰랐던 그는 맥없이 당할 수밖에 없었다.

소송은 1년을 끌었다. 7만5천 달러(3명)를 합의 끝에 2만5천 달러로 낮췄다. 변호사 비용은 별도였다. 수업료치고는 너무 많은 금액이었다. 하지만 제임스는 이를 계기로 독하게 영어 공부에 몰두하게 됐다. 최종 결과는 알 수 없지만, 세상만사 새옹지마라는 말이 이때 어울릴 듯하다.

동네 모든 사람이 제임스 영어 선생 역할 해

'10년이면 강산도 변한다.'

어쩌면 이 속담은 틀린 말일 수도 있다. 적어도 남섬 오지 마을인 모스번의 강산은 그렇지 않다. 10년 아니 1백 년이 지나도 크게 변하지 않을 것 같다. 그곳에서 제임스 역시 늘 그 자리를 지키며 10년을 넘게 버텨왔다.

모스번 휴게소는 비가 오나 눈이 오나(정말로 눈이 온다) 일 년 365일 가게 문을 연다. 아침 일곱 시부터 저녁 일곱 시까지, 하루 열두 시간 영업한다. 일이 끝나도 어디 딱히 갈 데도 없다. 그저 자연을 벗 삼아 도(?)를 닦는 수밖에 없다. 그 '도'가 제임스에게는 영어였다.(자세한 내용은 다음 편에)

그가 모스번에서 일하며 보낸 시간을 따져봤다. 하루 열 시간으로 계산해 10년 치를 내봤다. 무려 36,500시간이나 된다. 그 솜털보다 많은 시간 가운데 상당 시간을 제임스는 영어에다 썼다. 영어의 한을 풀어보겠다는 뜻이었다.

"동네 모든 사람이 다 내 영어 선생이었어요. 다섯 살 짜리 꼬맹이부터 여든 할머니까지 영어를 할 줄 하는 사람이라면 팔을 잡고 묻고 또 물었어요. 내 영어가 무엇이 문제인지, 어떻게 하면 잘할 수 있는지요."

'하우 아 유?'(How are you?) 같은 가장 기본적인 영어 몇 마디로 하루하루를 버텨내던 그는 서서히 영어에 자신감을 느끼게 됐다. 영어의 원리 원칙을 깨달으면서부터이다. 그러면서 영어에 맺힌 한을 후대에까지 이어주지 않겠다는 다짐을 했다. 그 산골 오지에서 10년을 훌쩍 넘게 버틴 이유도 어떻게 보면 그 영어 때문인지도 모른다.

'제임스에게 걸리면 국물도 없다'는 소문 퍼져

제임스는 모스번의 유지이다. 마을 행사 때마다 그는 빠지지 않는다. 반상회 같은 소소한 모임부터 총리가 참석하는 근사한 자리까지 지역 사회 일원으로 제 역할을 다해 내고 있다. 그는 절대 몸만 가지 않는다. 가게 물품을 기증하거나 어니스트 러드포드 초상화가 새겨진 지폐($100)를 아낌없이 내놓는다. 지역에서 번 돈을 지역을 위해 쓰겠다는 의지가 있어, 지금까지 큰 탈 없이 모스번에서 터를 잡고 있는 게 분명하다.

"내가 이 산골에 와서 놀란 게 하나 있어요. 겉으로 봤을 때는 초라하게 보이지만 속을 들여다보면 알차다는 것을 발견했어요. 교육, 의료, 응급 상황 등 모든 면에서 꼭 필요한 것은 다 갖추고 있지요. 정말로 뉴질랜드는 선진국이라는 것을 새삼 실감해요."

앞서 말한 직원 해고 사건을 계기로 그는 모스번에서 유명해졌다. 속된 말로 '제임스에게 걸리면 국물도 없다'는 소문이 퍼졌다. 본의는 아니었지만, 직원 3명을 한 칼로 베어 버렸으니 그럴 만도 했다. 이제는 그때의 서슬 퍼런 기억보다 지역 사회 유지로 자리매김하고 있다. 제임스는 얼마 전, 인생 중년 오십 대를 다 보낸 휴게소 일에서 손을 뗐다. 영어 공부를 더 체계 있게 하겠다는 뜻을 품고 있어서였다. 가게 열쇠를 건네며 아들에게 말했다.

"3년만 버텨라. 그러면 10년도, 30년도 해낼 수 있다."

깊은 산 속으로 들어간 시베리아의 범은 이제 사냥을 마쳤다. 호랑이는 죽어서 가죽을 남겼고, 제임스는 살아서 이름을 남겨야만 했다.

뉴질랜드 차로 일주, 남북평화 대장정 나서
'태극기 휘날리며.'
제임스가 모스번에서 석 달 넘게 자리를 비운 적이 있다. 2012년 북한의 핵 문제로 한반도의 위기가 극에 달할 때였다. 그는 두고 온 고국을 생각하며 남북평화 대장정에 나섰다. '순간 포착–세상에 이런 일이' 벌어졌다.

그는 남섬 끝인 스튜어트 아일랜드(Stewart Island)부터 인버카고, 퀸스타운, 크라이스트처치, 웰링턴, 타우포, 해밀턴을 거쳐 오클랜드까지 3박 4일 달리고 또 달렸다. 차에는 태극기와 뉴질랜드 국기가 펄럭였다. 미리 준비한 광목천에 키위들로부터 남북한 통일을 바라는 서명을 받았다. 40m가 넘었다. 럭비운동장 반 만한 길이었다.

그 기세를 몰아 제주 한라산에서 백두산까지 올라갈 계획을 세웠다. 그러나 이런저런 문제로 태극기 깃발은 오클랜드 마운트 이든(Mount Eden)에서 멈춰야 했다. 자기 돈 3천만 원을 들였다. 웬만한 애국심으로는 할 수 없는 고귀하고 숭고한 일이었다. 그런 사람이 뉴질랜드에 있다는 것을, 한국 정부는 과연 알고는 있을까 하는 조금은 쌉싸름한 생각이 들었다. 〈다음 호에 계속〉

"나는 영어에 미친 사람입니다"

10년 공부 끝 교재 한 권 펴내…'네 시간의 기적' 맛보게 해주고 싶어

'미치지 않으면 미칠 수 없다'

'불광불급' (不狂不及)

'미치지 않으면 미칠 수 없다' 라는 뜻이다. 무슨 일을 이루려면 그 일에 미쳐야만 한다. 그것도 '제대로' 말이다. 대충 미쳐서는 꿈을 이룰 수가 없다. 역사 속 수많은 사람 가운데 정말로 미친 사람만이 그 어떤 식으로든 역사를 만들어 냈다.

어렸을 때 헛간에서 알을 품고 있었던 에디슨은 미친 사람이었다. 새처럼 사람도 날아오를 수 있다고 믿었던 라이트 형제, 지구촌 모든 사람이 컴퓨터를 한 대씩 손에 들고 다닐 거라고 했던 스티브 잡스도 마찬가지였다. 그 무언가에 미친 사람이 있었기에 세상은 좀 더 역동적으로 변했다.

제임스 권(권영진)은 '미친 사람'이다. 그의 입에서 끊임없이 나오는 단어가 '영어'이다. 돈 애기를 자주 하는 사람은 돈에 미친 사람이고, 사랑 애기를 주로 하는 사람은 사랑에 미친 사람이라고 할 수 있다면, 주야장천 영어 애기만 하는 제임스는 '영어에 미친 사람'이라고 단언할 수 있다.

남섬 모스번에서 그와 함께한 3박 4일의 대부분을 영어 애기로 보냈다. 그러고도 부족했는지 내게 수시로 전화를 걸거나 메일을 보내 영어를 설파했다. 쉬운 말로 '제대로 된 영어교육을 한 번 해보자'는 주장이었다. 한 남자가, 그것도 예순이 넘은 남자가, 이룰 수 없을 것 같은 참 영어교육을 마음속에 품고 있었다. 그의 삶이, 생각이 섹시하게 느껴졌다.

영어 집중 위해 모스번 휴게소 은퇴해

제임스는 모스번 휴게소를 13년째 운영하고 있다. 얼마 전, 실질적인 살림을 아들 손에 맡겼다. 일선에서 완전히 은퇴한 셈이다. 은퇴 이유는 단순하다. 영어에 집중하기 위해서이다. 도대체 그에게 영어가 뭐길래….

"나만큼 영어 때문에 스트레스를 많이 받은 사람도 없을 거예요. 한국 사람 하나 없는 곳에서 오로지 영어로만 승부를 겨뤄야 했는데, 의사소통이 안 되니 얼마나 불편했겠어요? 이를 악물고 해도 발전이 없었어요. 오랜 고민 끝에 내게 근본적인 문제가 있구나, 하는 생각을 했지요. 그러면서 다음 세대는 영어로부터 좀 자유로워졌으면 좋겠다, 는 마음을 가졌지요."

모스번 사람들은 그의 말을 이해 못 했다. 가게에서도, 골프 모임에서도, 지역 사회 미팅에서도 별말을 할 수 없었다. 간단한 단어도 그들 귀에 닿지 않았다. 허공에 떠도는 영어, 그것은 언어가 아니었다. 쓸쓸한 독백이었다. 자연스럽게 주눅이 들었다.

그러던 어느 날, 앞서(이 글 3편) 얘기한 직원 불법 해고로 거액의 수업료를 낸 후 대오각성을 하게 됐다. 일종의 '유레카'('알았다'라는 의미. 뜻밖의 발견을 했을 때 외치는 것)였다. 영어의 새 장 뿐만 아니라 제임스 인생의 새 전기가 마련되는 순간이었다.

모스번 주민은 물론 휴게소를 들르는 손님들의 도움을 받았다. 하루가 다르게 영어 실력이 늘었다. 시베리아의 범 같은 아니, 모스번의 범 같은 기질도 한몫을 했다. 거친 영어의 세계에서 소리 없이 '어흥' 하며 한 발 두 발 앞으로 나아갔다. 그깟 영어는 풀 죽은 토끼나 다름없었다.

모르면 결코 그냥 넘어가지 못해

제임스는 집요한 면이 있다. 모르면 결코 그냥 넘어가지 않는다. 영어 관련 전공자도 아니고, 뉴질랜드에서 체계적으로 영어 공부를 한 적도 없다. 해결책은 무조건 묻고 또 묻는 것이다. 그러다 보면 답이 나온다. 새 세상이 보인다. 그렇게 하루하루 정력과 시간의 품을 팔아 영어의 고지를 향해 진군했다.

"모스번 초등학교 교장 선생님과 오타고대학에서 영어를 전공한 지인의 도움이 컸어요. 그 분들은 내 부탁이라면 맨발에라도 나오시곤 했지요. 밤 열두 시가 다 되어 찾아가도 싫은 소리 한마디 안 하고 궁금증을 풀어 주었어요. 정작 본인도 모르는 문제라면 대학교수에게 전화를 해 답을 알려주곤 했지요. 정말 내게는 소중한 영어 은사들이지요."

제임스의 영어 투쟁기는 이 짧은 지면으로 다 소개할 수 없다. 강산이 변한다(모스번의 강산은 안 변해도, 제임스의 영어는 상전벽해를 이뤘다)는 10년이 넘는 세월 동안 숱한 시간을 썼다. 그 사이, 장발 머리가 대머리(?)로 바뀌었다. 그의 마음고생이, 영어에 대한 열정이 어떠했는지 보여주는 명백한 증거라고 해도 무방하다.

그의 사무실에는 각종 자료가 이곳저곳에 널려 있다. 다 영어와 관련된 것들이다. 영어 사전과 교과서 수십 권을 포함, 일본어, 중국어, 불어, 독어 등 전 세계 언어 관련 책들이 눈에 띈다. 영어로만 한정하지 않고 다른 언어를 통해 신 영어 세계를 만들어 나가기 위해서이다.

모바일폰에 영어 학습 관련 사진 산더미

모바일폰 사진함에도 다양한 자료가 있다. '이게 아니다' 싶으면 무조건 기록으로 남긴다. 그리고 아무에게나(주로 파케하 키위) 묻는다. 왜 그래야 하냐고. 그것이 길가에 대충 세워진 표지판일 수도 있고, 과자 봉지 뒷면에 있는 달콤한 홍보물일 수도 있고, 또 지역 신문에 난 촌스러운 광고일 수도 있다. 그에게는 정지해 있는 모든 영어가 훌륭한 참고용 역할을 한다.

산 넘고 물 건넌 제임스의 10년 영어 투쟁기는 지난해 한 권의 책으로 정리됐다. 제목은 소박하게 유치한 '세종 대왕 새 한글 English'. 부제는 '한문 사대부 영어 역사 50년을 뒤집는 Korean English KU-DE-TA'를 달고 있다. 제목과 부제에서 제임스가 꿈꾸는 영어 세계를 짐작할 수 있다. 내친김에 그의 생각을 조금 더 들어보자. 책 머리말 일부이다.

"이 한 권의 책은 2014년 10월 9일, 568주년을 맞이하는 세종 대왕의 한글날 세종문화회관에서 완벽한 소리글자 한글을 사랑하고 영어를 반드시 해야만 하는 people을 위해 '나눔의 책'으로 만들어집니다. 이 한 권의 책은 책장에 꽂아 놓는 책이 아닙니다. 이 책을 보시고 난 후에는 가장 사랑하는 사람에게 선물을 해주시기를 간절히 소원합니다."

가슴으로 느껴지는가? 뉴질랜드 교민 제임스 권의 영어 사랑 열정을

럼스덴 캠프장에는 알파카 아홉 마리가 산다.
캠프장 손님들의 귀한 친구이기도 하다.

말이다. 제임스는 자기 돈으로 이 책을 1천 권 발행, 박근혜 대통령을 비롯해 국회의원과 교육부, 방송국 등 관계 기관에 보냈다. 한국의 영어 교육이 이대로 가서는 안 된다는 피 끓는 절규의 몸짓이었다.

"다들 미친 짓이라고 하지요. 이길 수 없는 싸움이라고 하기도 하고요. 그런데도 나는 내가 가는 길이 맞다고 생각해요. 실생활에서 전혀 쓸 수 없는 한국의 영어교육은 바꾸어야 해요. 특히 10~20년 후 한국의 주인공이 될 미래 세대를 생각한다면 더 절실하고요. 그저 내가 한 알의 밀알이 되고 싶을 뿐이지요."

"앞으로 책 대여섯 권 더 펴내겠다' 다짐

제임스는 이 책의 원고를 기초로 퀸스타운, 크라이스트처치, 로토루아, 오클랜드를 한 달을 돌며 교민 집회를 가졌다. 1년간 교민신문의 한 지면을 사서 전도에 나서기도 했다. 다 자기 돈을 들여서 한, 일종의 애국이었다.

보통 어떤 일이든 10년 정도 하면 포기하거나 원숙해지거나 둘 가운데 하나라고 한다. 뉴질랜드 교민 사회는 주로 '포기' 쪽이 많다. '내려놓는다'는 그럴듯한 표현을 쓰긴 하지만, 냉정하게 얘기하면 그 정도 선에서 그만하겠다는 뜻으로 해석할 수 있다. 그래서는 역사를 만들 수 없다. 질박한 이민 역사에서 한 길을 외곬으로 가는 사람이 많아야만 발전할 수 있다고 믿는다. 성공과 실패의 판단은 후세에 맡기면 된다. 사는 동안, 해봐야 한다. 그게 사람 개개인에게 주어진 숙제라고 생각한다.

제임스는 얼마 전 한국 가는 비행기 표를 끊었다. 한글날에 맞춰 들어갈 계획이다. 목적은 영어 보급. 그때 두 번째 책이 나올 예정이다. 무료로 보급할 마음을 갖고 있다. 역시 자비 출판. 그 무엇에 미치지 않고는 할 수 없는 고귀한 일이다.

"앞으로 대여섯 권의 책을 더 펴내려고 해요. '뉴질랜드 촌놈 제임스의….' 뭐 이런 제목으로 하려고요. 그때도 내 돈을 들여 만들 수는 없겠지만, 어떻게 하든 내 뜻이 제대로 전달되었으면 하는 마음이 간절하죠. 내가 말주변도 없고 글주변도 없지만 심지만큼은 분명해요. 이 글을 읽는 많은 분이 심정적으로 후원해 주시면 정말 좋겠어요."

경북 영주가 고향인 제임스는 내년 초쯤 본격적인 영어 전도사로 나설 예정이다. 그곳에서 특별한 강의를 해 나가려고 한다. 일명 '네 시간의 기적.' 우리의 생각이 아닌 영어권 사람들 생각으로 말문을 열고, 말의 순서를 바꾸고, 질문하고, 대답하는 식의 강의로 딱 240분만에 끝내주겠다는 뜻이다. 정복까지는 아니더라도 영어에 흥미를 갖게 해줘, 전 국민 모두를 영어 스트레스에서 해방해주는 전도사가 되어 보겠다는 포부이다.

럼스덴 캠프장에서 하루 12시간 글쓰기 매진

모스번 휴게소에서 차로 20여 분을 달리다 보면 럼스덴(Lumsden)이라는 고즈넉한 마을이 나온다. 제임스는 그곳에서 조그만 캠프장을 위탁, 운영하고 있다. 세계 곳곳에서 온 여행자들이 텐트를 치고 하루 또는 며칠을 보내는 공간이다. 주인이라고 해서 딱히 할 일도 없다. 하루 한두 차례 돈을 받거나 시설물을 돌보면 된다.

그 자유 공간에서 그가 하는 일은 오로지 '책 쓰기'이다. 하루 열두 시간 넘게 쓰기에 몰두하고 있다. 인생 역작까지 기대하기는 힘들겠지만, 그의 영어 사랑 열정 10년이 고스란히 묻어 나오리라 믿는다. 그 무엇을 쓰는 자는, 역시 섹시하다.

이제 제임스 권(권영진)의 얘기를 마치려고 한다. 그와 함께한 시간은 많지 않았지만, 그가 나에게 보여준 삶의 열정은 크게 본받을 만하다고 자신 있게 말할 수 있다. 그 무엇에 미쳐(狂)있는 사람, 그래서 꼭 그 목적지에 미치기를(及) 진심으로 바란다.

후기 하나.

원고를 마치려는데 그에게서 사진 한 장과 함께 문자가 왔다. 그가 캠프장에서 키우던 알파카 한 마리가 사경을 헤맨다는 내용이었다. 그가 보낸 문자에서 눈물이 보였다. 나는 그의 눈물에서, 시베리아 범의 고독을 느꼈다.〈끝〉

글_프리랜서 박성기

* '뉴질랜드 이민 열전'은 뉴질랜드 오클랜드에서 발행되는 교민신문 일요시사에 연재된 글입니다.

누구나 말하는
4시간의 기적을 열어갑니다!!

요람에서 무덤까지

외우면 잊어 버리고 또 다시 외우면 또 잊어 버리는 글자

어쩌면 자기 나라 말 하나를 다 깨우치지 못하고

요람에서 무덤까지 가는 사람이 중국 사람은 아닐지?

약 55,000자의 한자

글자속에 뜻이 있다는 한자도

소리를 사용해야만 말하는게 가능한 것은 아닌지?

글자가 복잡하면 머리가 복잡하고 살아가는 모든게 복잡해지는 건 아

닐지?

세상의 모든 소리를 다 담아 낼 수 있는

완벽한 소리 글자 3,800개

빠른 사람이면 반나절 아무리 늦어도 일주일이면

누구나 읽고 쓰고 말하는게 가능한 신비한 글자가 한글은 아닐지?

한자의 소리 55,000개

영어의 소리 130개

전 세계 모든 나라 모든 소리를 한글화 시킬 수 있는 소리 글자가 한

글은 아닐지?

우리 모두가 한글의 소중함, 위대함을 잊고 사는 것은 아닐지?

세상의 소리를 다 담아 낼 수 없는

불완전한 소리 글자 130개 뿐인 영어
빠른 사람이면 4시간 아무리 늦어도 하루면
누구나 읽고 쓰고 말하는게 가능한 소리 글자는 아닐지?
약 50년이라는 긴 세월 동안 말 못하는 벙어리 영어
수 많은 英語英文學博士를 배출하고도
50년이라는 긴 세월에 우리는 어디로 가고 있는지?
그 길을 찾지 못하는 원인은 한문 사대부 사고, 천자문 사고에 있는
것은 아닌지?

정부가 아무리 교육의 100년 대개를 외쳐도
산 넘어 메아리가 되는 이유는 무엇인지?
외워야만 길을 가는 한문 사대부 사고가 그 시작은 아닐지?
한글의 소리 천지 현황 (天池玄黃)이 아닌
한자의 소리로 1,000자를 말하는 대한민국 사대부는 몇 명이나 될지?
닫힌 사고의 한자 사고가 우리의 갈 길을 막고 있는 것은 아닐지?
열린 사고 한글 사고의 대문에 빗장을 걸어 잠그는 것은 아닐지?
우리 모두가 생각해 보아야만 하는 대한민국 미래의 문제입니다.

뉴질랜드 4개 도시 순회 강연을 시작으로
2015년 10월 30일 저녁 뉴질랜드 일요시사 주최로 오클랜드 한인 문화
회관에서 누구나 말하는 4시간의 기적을 강의했습니다.

미래의 세계는 정신적인 우위가 가장 중요합니다. 일본 말, 중국 말을
아무리 잘해도 일본 사람, 중국 사람과 말 할때는 일본 말, 중국 말이

아닌 영어가 첫번째입니다. 아무리 일본 말, 중국 말을 잘해도 일본 사람, 중국 사람 보다 우리가 더 잘 할 수 없습니다. 정신적인 우위를 우리 쪽으로 가져 오기가 어렵습니다.

정신적 우위를 가늠하는 첫번째는 영어를 얼마나 잘하는지가 중요합니다.

미래의 대한민국은 단일 민족이 아니라 다 민족 사회, 다 민족 국가로 갈 수 밖에 없게 됩니다.

이미 대한민국이라는 땅에 일본, 중국, 홍콩, 대만, 싱가포르 뿐만 아니라 필리핀, 베트남, 스리랑카, 인도, 파키스탄, 네팔, 인도네시아, 몽골, 러시아, 미국, 영국, 유럽 etc. 모든 나라가 talking English를 앞세워 정신적인 우위를 가늠하는 길목에 와 있습니다.

말을 주고 받는 talking English 초 강대국으로 가는 길이 세계의 중심 테이블을 대한민국 테이블로 옮기는 유일한 방법중에 하나가 됩니다.

누구나 말하는 4시간의 기적은

첫번째 시간 50분

세종 새한글 발음에 대한 강의를 합니다. 한글을 사용해 영어권 사람 누구나 알아 듣고 누구나 말이 통하는 발음에 대한 강의를 합니다.

두번째 시간 50분

영어권 사람과 말을 주고 받을 수 있는 talking English에 대한 강의를 합니다. 한글 하나로 말의 순서만 바꾸면 누구나 말하는 새 세상이 열립니다.

세번째 시간 50분

말의 북과 말의 장구를 치는 mini question 과 question tag을 사용하는 방법을 강의합니다.
네번째 시간 50분.
우리의 생각 우리의 반대편에 있는 영어권 사람들 생각은 무엇일까에 대한 강의 를 합니다.

이 책을 펼치게 된 대한민국 학생들 또는 공부에는 졸업이 없다는 생각 하나가 지금도 살아 숨쉬는 대한민국 사람
누구나 연락 주시기 바랍니다.
Of all the people
By all the people
For all the people
People과 함께 4시간의 기적을 만들어갑니다. 감사합니다.

제 영어 이름은 James (제에이-ㅁ 스) Jimmy (지이-ㅁ 미이) Jim (지이-ㅁ) 입니다.
한국 전화: + 82 10 9234 3861
뉴질랜드 전화: +64 21 479 883
E-mail: jameskweon7@gmail.com